KB082373

THROUGH THE LOOKING-GLASS

AND WHAT ALICE FOUND THERE.

BY

LEWIS CARROLL.

AUTHOR OF ADVENTURE IN WONDERLAND

WITH FIFTY-ILLUSTRATIONS

BY JOHN TENNIEL.

London

MACMILLAN AND CO.

1871

*   *   *

맑고 환한 얼굴에 호기심 가득한 눈빛으로
꿈꾸듯 바라보는 아이야!
덧없이 흘러간 세월에, 너와 나 사이
인생의 반절이 놓여 있으나,
너는 동화로 건네는 사랑의 선물을
다정한 미소로 반겨주겠지.

나 너의 환한 얼굴을 보지 못하였고
낭랑한 웃음도 듣지 못했지.
장차 펼쳐질 너의 젊은 날들 속에도
나의 자리는 없겠지만.
네가 나의 이야기를 들어주는 것,
그것만으로도 지금 나는 족하니.

*   *   *

*   *   *

여름 햇살이 눈부시게 빛나던 시절에
시작되었던 이야기.
노를 젓는 리듬에 맞춰 울리던
단조로운 종소리가
아직도 기억 속에 생생히 울리고 있어.
세월은 시샘하며 "잊으라"말하겠지만.

와서 들어보렴, 끔찍한 목소리가
가혹한 소식들을 잔뜩 품고
달갑잖은 침대로
침울한 아가씨를 호출하기 전에!
우리는 그저 취침 시간이 다가올까 조마조마한
나이 먹은 어린애들에 불과하니.

*   *   *

*　　*　　*

문밖에는 서리와 거센 눈보라,
광기 어린 폭풍이 변덕스레 몰아치지만,
집 안은 벽난로의 불빛이 붉게 빛나는
아이들의 즐거운 피난처.
마법의 단어들이 너를 사로잡으면
너는 맹렬한 바람 소리도 듣지 못하고.

행복했던 여름날들은 지나고
그 여름의 찬란한 아름다움도 사라져
한숨의 그림자가
이야기 사이를 채울지라도,
그 고통의 숨결이
우리 이야기의 기쁨을 해치지 못하리.

*　　*　　*

목차

*　　*　　*　　*　　*　　*　　*　　*

　*　　*　　*　　*　　*　　*　　*

*　　*　　*　　*　　*　　*　　*　　*

제1장

거울 속의 집

*

한 가지는 분명했다. 하얀 새끼 고양이는 아무런 관련이 없다는 것, 모두 검은 새끼 고양이의 소행이었다. 하얀 새끼 고양이는 지난 15분간 어미가 씻기느라 데리고 있었으니(나름대로 꽤 잘 참아가며), 그 녀석이 장난으로라도 손을 댔을 리는 없었다.

다이너가 새끼들의 얼굴을 씻기는 방법은, 우선 그 가련한 것의 귀를 한 발로 누르고, 코부터 시작해서 털이 난 반대 방향으로 얼굴 전체를 문지르는 식이었다. 방금 말했던 것처럼, 다이너가 하얀 새끼 고양이를 정성껏 핥는 동안 녀석은 바닥에 가만히 누워 가르랑거리려고 애를 쓰는 중이었다. 이 모든 것이 자신에게 이로운 일이라는 걸 안다는 듯이.

반면, 오후에 일찍 세수를 끝냈던 검은 새끼 고양이는 앨리스가 커다란 안락의자에 몸을 웅크리고 앉아서 반쯤 졸면서 혼잣말로 중얼거리는 사이, 앨리스가 감아두려고 했던 실타래를 이리저리 굴려가며 한바탕 신나게 놀면서 모두 다 풀어놓았던 것이다. 벽난로 앞 양탄자 위에 풀린 채로 온통 엉켜 있는 실뭉치 한가운데서, 그 녀석은 자기 꼬리를 잡겠다며 뱅글뱅글 돌고 있는 중이었다.

"너, 요 나쁜 녀석!"

앨리스는 그 새끼 고양이를 번쩍 들고서, 잘못이라는 걸 알려주려고 살짝 입을 맞춰주었다.

"정말로, 다이너가 널 제대로 가르쳤어야 하는데! 알았지, 다이너, 제대로 가르쳐야 한다는 거 알지!"

어미 고양이를 비난하듯 쳐다보며, 최대한 못마땅한 목소리로 앨리스가 말했다. 그런 다음 검은 새끼 고양이와 실타래를 들고 다시 안락의자 위로 올라가 실을 감기 시작했다. 하지만 때로는 새끼 고양이에게, 때로는 혼자서, 쉬지 않고 이야기를 해대느라 그리 속도가 나지는 않았다. 검은 새끼 고양이 키티는 앨리스의 무릎 위에 얌전히 앉아, 실타래가 감기는 모습을 지켜보는 척을 하다가, 가끔씩 앞발 하나를 쑥 내밀어 실타래를 살짝 건드렸다. 마치 할 수 있다면 도움이 되고 싶다는 듯이.

"키티, 내일이 무슨 날인지 알아?" 앨리스가 말했다. "나하고 창가에 있었으면 알고 있을 텐데. 다이너가 너를 씻기느라 나한테 올 수가 없었겠지만. 창가에서 보니 남자애들이 모닥불을 피우려고 나뭇가지들을 들고 오더라. 모닥불을 피우려면 나뭇가지가 아주 많이 필요하거든! 그런데 날이 너무나 추워지고 눈까지 오는 바람에 애들이 모두 가버렸어. 그래도 괜찮아, 키티. 모닥불은 내일 가서 보면 되니까."

앨리스는 그렇게 말하면서 새끼 고양이의 목에 털실을 두세 번 감아주며 그 모습을 확인했다. 그러자 키티가 버둥거렸고, 그 바람에 실타래가 바닥으로 굴러 떨어져 또다시 길게 풀려버리고 말았다.

"있잖아, 키티, 난 굉장히 화가 났었어."

앨리스와 새끼 고양이가 다시 편안하게 자리를 잡은 후 앨리스가 말했다.

"네가 저지르고 있던 잘못들을 보고, 난 창문을 열고 너를 눈밭으로 내버릴 뻔했다고! 그럴 만도 하지, 이 말썽꾸러기 꼬맹이! 변명할 말도 없을걸? 이제 방해하지 말고 내 말 잘 들어!"

앨리스가 손가락 하나를 들어 보이며 말했다.

"네 잘못들을 모두 알려줄 테니까. 첫째, 오늘 아침에 다이너가 네 얼굴을 씻기는 동안 넌 두 번이나 소리를 질렀어. 아니라고는 못 할 거야, 키티. 내가 들었으니까! 뭐라고? (새끼 고양이가 하는 말을 듣고 있는 척하며) 다이너가 앞발로 네 눈을 찔렀다고? 음, 그건 네 잘못이지. 네가 두 눈을 뜨고 있었던 거니까. 눈을 감고 있었더라면, 그런 일은 없었을 거라고. 자, 더 이상 변명하지 말고 조용! 둘째, 넌 내가 스노드롭 앞에 우유 접시를 내려놓자마자 그 애의 꼬리를 잡아당겼어! 뭐, 너도 목이 말랐다고? 스노드롭은 목이 마르지 않았다는 거야? 자, 이제 셋째, 넌 내가 안 보는 사이에 내가 감아두었던 실타래를 몽땅 풀어놨어!

잘못이 세 가지나 되는데, 넌 아직 아무런 벌도 받지 않았어, 키티. 내가 수요일에 한꺼번에 벌을 주려고 모으는 중이거든. 어른들도 내 잘못들을 모으고 있는 중이면 어쩌지!"

앨리스는 새끼 고양이보다 자신에게 더 많이 중얼거렸다.

"연말에 무슨 벌을 주시려는 걸까? 날 감옥에 보내실 수도 있어. 아니면… 가만 보자… 잘못 한 번에 저녁을 한 끼씩 굶기는 벌일 수도 있지. 그러면 난 벌 받는 날에 저녁밥 쉰 끼를 한꺼번에 굶어야 될지도 몰라! 뭐, 그건 그다지 큰일도 아니야! 저녁밥을 한꺼번에 쉰 번이나 먹는 것보다는 안 먹는 게 훨씬 더 나을 테니까!

키티, 눈이 창문에 닿는 소리 들리니? 정말 예쁘고 부드러운 소리지! 마치 누군가 밖에서 창문 전체에 입맞춤을 하는 것 같아. 눈이 나무와 들판을 너무너무 사랑해서 저렇게 부드럽게 입맞춤하는 건 아닐까? 하얀 이불로 포근하게 덮어주기도 하고. 이렇게 말해주면서 말이야. '다시 여름이 올 때까지 잘 자요, 내 사랑들.' 키티, 여름이 되어 잠에서 깨어나면, 모두들 초록 옷을 입고 살랑살랑 춤을 추잖아, 바람이 부는 대로. 아, 얼마나 예쁠까?"

앨리스는 두 손으로 손뼉을 치느라 실타래를 떨어트렸다.

"정말 그랬으면 좋겠다! 가을이 오고 나뭇잎들이 갈색으로 변해가면, 숲이 진짜 졸린 것처럼 보이니까.

키티, 너 체스 둘 줄 아니? 아, 웃지 마, 사랑하는 키티. 진지하게 물어보는 거니까. 왜냐하면, 방금 전에 우리가 체스 게임을 하는 동안 넌 마치 이해하고 있다는 듯이 쳐다봤잖아. 내가 '체크!'라고 외쳤을 때, 너도 가르랑거렸고 말이야!

사실, 진짜 괜찮은 수였는데. 그 짜증나는 기사가 내 체스 말들 사이에서 꼼지락대며 내려오지만 않았더라면 정말 이길 수도 있었거든. 키티, 우리 역할놀이 하자….”

앨리스가 제일 좋아하는 말, '역할놀이 하자'는 말로 시작된 일화들을 반만이라도 독자 여러분들께 풀어놓을 수 있다면 얼마나 좋을까. 어제만 해도 앨리스는 언니와 길고 긴 말다툼을 했는데, 모두 앨리스가 '왕과 여왕 놀이를 하자'고 말을 시작했기 때문이었다. 매우 정확한 걸 좋아하는 성격인 앨리스의 언니가 둘이서는 그 놀이를 할 수가 없다고 우겼고, 결국 앨리스는 한발 물러서서 이렇게 말했었다. “그럼, 언니가 하나 고르고, 내가 나머지 전부를 맡으면 되잖아.” 한번은 늙은 보모의 귀에 대고 갑자기 “할머니! 지금부터 나는 굶주린 하이에나, 할머니는 뼈다귀인 척을 하는 거야”라고 소리를 지르는 바람에 그녀를 정말로 놀라게 한 적도 있었다.

어쨌든 이건 앨리스가 새끼 고양이에게 하던 이야기와는 상관없는 이야기다.

“키티, 네가 붉은 여왕을 맡아! 그러니까 꼿꼿하게 앉아서 팔짱을 끼면 붉은 여왕과 똑같아 보일 거야. 자, 해봐, 착하지!”

그러고는 새끼 고양이가 보고 흉내 낼 수 있도록 테이블에서 붉은 여왕을 가져다가 새끼 고양이 앞에 놔주었다. 하지만 별 소용이 없었다. 새끼 고양이가 제대로 팔짱을 끼려 않았기 때문이라고 앨리스가 말했다. 그래서 그 녀석을 혼내주려고, 고양이가 얼마나 뚱한 모습인지 보게 해주려고 그 녀석을 거울 앞으로 번쩍 들어 올렸다.

"당장 제대로 하지 않으면 거울 속의 집으로 밀어 넣어버릴 거야. 그러면 좋겠니?" 앨리스가 말했다.

"자, 키티, 떠들지 않고 제대로 집중만 한다면, 거울 나라 이야기를 모두 들려줄게. 우선, 거울 속에 방이 보이지? 우리 응접실과 똑같은 공간인데, 방향만 반대야. 의자 위에 올라서면 전부 다 보여. 벽난로 안쪽만 빼고. 아! 그 부분까지 볼 수 있다면 얼마나 좋을까! 난 저 방에 있는 사람들도 겨울에 불을 피우는지 너무너무 궁금하거든. 절대 알 수가 없어. 우리가 피운 불에서 연기가 피어오르면 저 방에서도 연기가 피어오르긴 하지…. 하지만 그건 자기들도 불이 있는 것처럼 보이게 하려고 위장한 것일지도 모르는 거잖아. 어쨌든, 저곳에도 우리처럼 책이 있는데 글자들이 모두 거꾸로 되어 있어. 어떻게 알았냐면, 내가 책 한 권을 거울 앞에 들었더니 저 방에서도 책 한 권을 들어 보였었거든.

거울 속의 집에서 살면 어떨 것 같니, 키티? 저곳에 있는 사람들도 네게 우유를 주려나? 거울 속 우유가 마실 만할 것 같지는 않은데… 어쨌든, 키티! 이제 복도 이야기를 해보자. 우리 응접실의 문을 활짝 열어놓으면 거울 속의 집 복도도 조금 보이거든. 보이는 부분까지는 우리 복도와 아주 똑같은데, 그 너머는 아주 다를지도 몰라. 아, 키티! 저 거울 속의 집 안으로 들어가볼 수 있다면 얼마나 좋을까! 분명히 너무너무 아름다운 것들이 가득할 텐데! 저곳으로 들어가는 방법이 있다고 상상해보자, 키티. 저 거울이 아주 부드러운 천으로 되어 있어서 우리가 통과할 수 있다고 상상해보자고. 세상에, 거울이 무슨 안개처럼 변하고 있네! 너무너무 쉽게 통과할 수 있겠는걸…"

앨리스가 자기도 모르게 벽난로 선반 위로 올라가며 말했다. 거울이 정말로 환한 은빛 안개처럼 녹아내리기 시작했다.

잠시 후 앨리스는 거울을 통과해서, 거울 속의 방으로 가볍게 뛰어내렸다. 제일 먼저 벽난로 속에 불이 있는지부터 확인한 앨리스는 방금 떠나온 응접실의 장작불처럼 밝게 타오르고 있는 진짜 불을 보고는 매우 기뻐했다. '집에 있던 것처럼 여기서도 따뜻하게 지낼 수 있겠구나.' 앨리스가 생각했다. '아니, 더 따뜻하게 지낼 수 있지. 불 가까이에 가지 말라고 야단치는 사람이 여긴 없을 테니까. 와, 거울 속에 있는 나를 보고도 잡지 못하는 모습을 보면 정말 재미있겠다!'

　주변을 둘러보기 시작한 앨리스는 집에서 거울 너머로 보였던 부분은 아주 평범하고 시시했지만 그 나머지는 모두 너무나도 다르다는 걸 발견하게 되었다. 예를 들면, 벽난로 옆 벽면에 걸려 있던 그림들은 모두 살아 움직이는 것 같았고, 벽난로 선반 위에 있던 시계에는(집에서 볼 때는 그 시계의 뒷면만 볼 수 있었는데) 작은 영감님의 얼굴이 앨리스를 향해 미소를 짓고 있었다.

　'우리 응접실처럼 깔끔하게 정돈하고 지내는 건 아니네.' 벽난로 속 재 사이에 체스 말 여러 개가 떨어져 있는 걸 보고 앨리스가 생각하다가, '어!' 하고 놀라면서 바닥에 엎드려 자세히 살펴보았는데, 체스 말들이 둘씩 짝지어 걷고 있는 것이 아닌가!

　"붉은 왕과 붉은 여왕이구나." 앨리스가 말했다(그들을 놀라게 할까봐 소곤대는 목소리였다). "하얀 왕과 하얀 여왕은 삽 끝에 앉아 있고… 캐슬♦ 두 개는 팔짱을 끼고 걷고 있네…. 내 목소리를 듣지는 못할 것 같은데." 앨리스가 얼굴을 더 가까이 들이밀며 말했다. "나를 보지도 못하는 게 분

♦ 체스의 말 중 하나로 '룩'이라고도 하며, 우리나라 장기의 '차'처럼 가로 또는 세로 방향으로 원하는 칸만큼 움직일 수 있다.

명하고. 어쩐지 내가 투명인간이 된 기분이 들어…."

그때 앨리스 뒤에 있던 테이블 위에서 비명 소리가 들려왔다. 앨리스가 고개를 돌린 순간 하얀 병사들이 뒹굴며 발버둥을 치기 시작했다. 앨리스는 앞으로 어떤 일이 벌어질지 매우 궁금해하며 그들을 지켜보았다.

"이건 우리 아기 목소리인데!" 하얀 여왕이 왕을 밀치고 달려 나가며 소리쳤다. 너무나 정신없이 달려가는 바람에 그만 왕을 잿더미 속으로 자빠트리고 말았다.

"사랑하는 우리 릴리! 우리 황실의 새끼 고양이!" 여왕은 정신없이 난로망을 기어오르기 시작했다.

"황실은 무슨!"

넘어지면서 다친 코를 문지르며 왕이 말했다. 여왕에게 살짝 짜증이 날 만도 했다. 머리부터 발끝까지 온통 재를 뒤집어썼으니까.

가여운 꼬마 릴리가 소리를 지르다가 거의 숨이 넘어갈 지경이 되자, 너무나 도움을 주고 싶었던 앨리스는 얼른 여왕을 들어다가 테이블 위에서 시끄럽게 울고 있던 작은 고양이 옆에 내려주었다.

여왕은 숨이 턱 막힌 채 주저앉고 말았다. 순식간에 공중을 이동한 여왕은 잠시 숨도 제대로 쉬지 못하고 그저 아무 말 없이 꼬마 릴리만 안고 있을 수밖에 없었다. 숨을 조금 고른 후에야, 여왕은 잿더미 사이에 뿌루퉁하게 앉아 있던 하얀 왕에게 소리쳤다.

"화산 폭발을 조심하세요!"

"무슨 화산?"

왕이 불안한 듯 벽난로 속을 살펴보며 말했다. 마치 화산이 있을 만한 곳이 거기라고 생각하는 듯이.

"내가… 붕… 날아왔잖아요." 아직 숨이 가쁜 듯, 여왕이 숨을 헐떡거리며 말했다. "조심해서 올라오세요… 평상시대로… 화산에 날려서 오지 말고!"

앨리스는 하얀 왕이 난로망을 천천히 차근차근 올라가는 모습을 지켜보다가, 결국 이렇게 말했다.

"아이고, 그 속도로 저 테이블까지 가려면 몇 시간은 더 걸리겠어요. 제가 좀 도와드리는 게 좋겠네요, 그렇죠?"

하지만 왕은 그 물음에 전혀 반응하지 않았다. 앨리스의 말이 들리지도, 앨리스가 보이지도 않는 것이 분명했다.

그래서 앨리스는 왕을 아주 조심스럽게 들어 올린 다음, 왕이 놀라지 않도록 여왕을 옮겼을 때보다 훨씬 천천히 옮겼다. 그러다가 그를 테이블 위에 내려놓기 전, 온몸에 재를 뒤집어쓴 왕을 살짝 털어주는 게 좋겠다는 생각이 들었다.

앨리스가 나중에 말하기를, 보이지 않는 손이 자신을 들고 먼지를 털어내고 있다는 사실을 깨달았을 때의 왕의 표정은 평생 본 적이 없는 얼굴이었다고 했다. 너무나 놀라서 소리조차 지르지 못한 채, 두 눈과 입이 점점 커지고 똥그래지던 왕의 표정을 본 앨리스가 손까지 흔들며 웃는 바람에 하마터면 왕을 바닥에 떨어트릴 뻔했다.

"아! 제발 그런 표정 짓지 마세요, 폐하!" 왕이 자신의 목소리를 들을 수 없다는 사실을 까맣게 잊고 앨리스가 소리쳤다. "너무 웃겨서 제가 폐하를 잡고 있을 수가 없잖아요! 입도 그렇게 크게 벌리지 마시고요! 제가 전부 입속으로 들어가니까요. 자, 이제 좀 깨끗해지신 것 같네요!"

앨리스가 하얀 왕의 머리를 매만져주고 여왕 가까이에 내려놓았다.

왕은 그대로 뒤로 자빠져, 꼼짝도 하지 않았다. 앨리스는 자신이 한 행동에 약간 놀라 방 안을 돌아다니며 왕에게 끼얹을 물을 찾아다녔다. 하지만 눈에 보이는 거라고는 잉크병뿐이었고, 그 병을 들고 다시 돌아와 보니, 정신을 차린 왕이 겁에 질린 채로 여왕과 소곤거리고 있었는데… 말소리가 너무 작아서 앨리스는 알아듣기가 힘들었다.

왕은 이렇게 말하고 있었다. "장담하는데 여보, 난 수염 끝까지 얼어붙었었소!"

그러자 여왕이 이렇게 대답했다. "당신은 수염이 없잖아요."

"그 순간의 공포는 절대, 절대 잊지 못할 거요." 왕이 말했다.

"잊을 거예요. 메모해두지 않으면." 여왕이 말했다.

앨리스는 왕이 주머니에서 거대한 수첩을 꺼내서 쓰기 시작하는 모습을 흥미롭게 지켜보았다. 갑자기 아이디어가 떠오른 앨리스는 왕의 어깨 너머까지 올라와 있던 연필의 끝을 잡고 왕 대신 글을 쓰기 시작했다.

가엾은 왕은 어리둥절하고 불편한 표정을 지으며, 한동안 아무런 말없이 연필을 잡고 안간힘을 썼다. 하지만 그가 상대하기엔 앨리스의 힘이 너무 셌고, 그는 결국 헐떡거리며 이렇게 말했다.

"여보! 정말로 더 가는 연필을 가져와야겠소. 이 연필은 내가 다룰 수가 없군. 내가 의도하지 않는 대로 마구 써지니 말이지…."

"뭐가 마구 써진다는 거죠?"(앨리스가 '하얀 기사가 부지깽이를 타고 내려가고 있다. 균형을 형편없이 잡는다'라고 써놓은) 수첩을 내려다보며 여왕이 말했다. "당신의 생각이 아니네요!"

가까이에 있던 테이블 위에 책 한 권이 놓여 있는 걸 보고, 앨리스는 하얀 왕을 지켜보며(앨리스는 여전히 왕이 걱정되었기 때문에, 그가 다시 쓰러질 경우 그에게 끼얹기 위해 잉크병도 들고 있었다), 책장을 넘겨가며 읽을 수 있는 부분을 찾았다. "…온통 내가 모르는 언어로 되어 있네." 앨리스가 혼자 중얼거렸다.

그 책은 이렇게 쓰여 있었다.

재버워키

보글 무렵, 유끈한 토브들이
해주밭에서 빙회돌며 송뚫고
보로고브들은 모두 조참했으며
집벗 래쓰들은 함람하던 시간에.

한동안 골똘히 생각하던 앨리스의 머리에 그럴듯한 생각
이 스치고 지나갔다. '아니, 이건 당연히 거울 나라의 책이잖
아! 그러니 거울에 비춰 보면, 글자들이 제대로 보일 거야.'
앨리스가 읽은 건 바로 이 시였다.

재버워키

보글 무렵, 유끈한 토브들이
해주밭에서 빙회돌며 송뚫고
보로고브들은 모두 조참했으며
집벗 래쓰들은 함람하던 시간에.♦

___

♦ 첫 연에 대해서는 뒤에서 험프티 덤프티가 설명한다.

"재버워크◆를 조심해라, 나의 아들아!
물어뜯는 그의 턱과 움켜쥐는 그의 발톱을!
주브주브 새를 조심해라.
그리고 씩성난◆◆ 밴더스내치를 피하거라!"

그는 그의 보팔 검을 집어 들고
오랫동안 그는 괴시한◆◆◆ 적을 찾아 다녔네.
그리고 틈틈나무 옆에서 휴식을 취했지.
그리고 한동안 생각에 잠겨서 있었네.
그가 거둔한◆◆◆◆ 생각에 잠겨 있을 때
재버워크가 이글이글 불타는 눈으로
어둡고 빽빽한 숲 사이를 휙휙 헤치고
지껄이며 다가왔네!

하나, 둘! 하나, 둘! 그리고 쓰윽 또 쓰윽
보팔 검이 날쌔게 찌르는 소리!
그는 죽은 재버워크를 버려둔 채
그 머리를 가지고 우쭐겅중◆◆◆◆◆ 돌아왔네.

◆ 재버워크, 주브주브 새, 밴더스내치는 모두 루이스 캐롤이 만들어낸 상상의 동물들이다.
  그중 재버워크는 시의 내용과 삽화에 표현된 것처럼 강력한 턱과 날카로운 발톱에 익룡과
  같은 날개가 달려 있다.
◆◆ 씩씩거리며 성을 내는.
◆◆◆ 괴물처럼 무시무시한.
◆◆◆◆ 거칠고 둔한.
◆◆◆◆◆ 우쭐대며 겅중겅중 달리다.

"네가 재버워크를 죽였단 말이냐?
이리 오너라, 빛나는 나의 아들아!
오 기쁘고 기쁜 날! 칼루! 칼레이!"
그가 기쁨에 넘쳐 소리치네.

보글 무렵, 유끈한 토브들이
해주밭에서 빙회돌며 송뚫고
보로고브들은 모두 조참했으며
집벗 래쓰들은 함람하던 시간에.

"아주 근사한 것 같긴 한데, 무슨 말인지 알아듣기가 꽤 어렵네." 끝까지 읽고 나서 앨리스가 말했다. (앨리스는 그 시를 전혀 이해하지 못했다는 걸 스스로에게도 시인하고 싶지 않았다.) "내용이 머릿속에 모두 들어오긴 하는데, 뭐라고 콕 찍어 이야기는 못하겠어! 하지만, 누군가가 뭔가를 죽였어. 어쨌든, 그건 확실해…."

'그나저나!' 앨리스가 벌떡 일어서며 생각했다. '서두르지 않으면 이 집의 다른 곳들을 보지도 못하고 거울 너머로 돌아가야 할지도 몰라! 일단 정원부터 구경해보자!'

앨리스는 곧바로 방을 나서서 계단을 뛰어 내려갔다…. 아니, 정확히 말하자면 뛰어간 건 아니고, 빠르고 편하게 계단을 내려가는 그녀만의 새로운 방법이라고 앨리스가 중얼거렸다. 계단 손잡이에 손가락 끝을 걸친 채, 두 발로 계단을 딛지도 않고 스르륵 미끄러져 내려가는 방법이었다. 문설주에 부딪치지만 않았더라면 그렇게 복도를 지나 문밖까지 곧장 나갔을 텐데. 공중에 너무 많이 떠 있었던 바람에 조금 어찔해지고 있었던 차라, 앨리스는 다시 원래대로 걷게 되어 오히려 다행이라고 생각했다.

제2장

살아 있는 꽃들의 정원

　　　　＊　　　＊

"저 언덕 꼭대기에 올라서면 정원이 훨씬 더 잘 보일 거야."
앨리스가 혼잣말을 했다. "이게 곧장 언덕으로 가는 오솔길
이구나…. 아, 아니, 곧장 연결된 건 아니네. (그 길을 따라
몇 미터 걸어가다가 급하게 꺾이는 모퉁이들을 돌고 난 후
에) 그래도, 결국에는 언덕 꼭대기까지 연결되어 있을 거야.
그런데 어쩜 이렇게 꾸불꾸불할 수가 있지! 오솔길이 아니
라 코르크 따개 같잖아! 그래, 이 모퉁이들을 돌아가면 언덕
까지 가겠지…. 아니, 아니잖아! 이건 곧장 집으로 되돌아가
는 길이네! 그럼, 다른 길로 가봐야겠다."

　　그렇게 앨리스는 다른 길로 들어섰다. 위아래로 헤매고
모퉁이들을 돌고 또 돌아도, 언제나 다시 집으로 돌아와 있

었지만, 앨리스는 멈추지 않았다. 사실, 다른 때보다 훨씬 더 빨리 모퉁이를 돌았을 때는 멈출 겨를도 없이 집에 부딪친 적도 있었다.

"말해봤자 소용없어."

마치 그 집이 앨리스에게 말싸움을 걸고 있는 듯이 올려 다보며, 앨리스가 말했다.

"난 아직 집 안으로 들어가지 않을 거니까. 다시 거울 속 으로 들어가서… 원래 응접실로 돌아가면… 이 모험들이 모 두 끝나버리는 거잖아!"

그래서 단호하게 집을 등진 채, 언덕에 다다를 때까지 무 조건 가리라 마음을 먹고, 다시 한 번 언덕을 향해 난 오솔 길을 밟았다. 몇 분 동안은 아무 문제가 없었기 때문에 "이 번에는 반드시 해낼 거야…"라고 앨리스가 말하는 순간, 오 솔길이 갑자기 뒤틀리고 흔들리더니(나중에 앨리스가 말해 주었던 것처럼), 앨리스가 현관문으로 걸어 들어가고 있는 것이 아닌가.

"아, 너무해!" 앨리스가 소리쳤다. "이렇게 일부러 방해하 는 집은 본 적이 없어! 단 한 번도!"

하지만 그 언덕이 통째로 눈앞에 보이자, 앨리스는 또다 시 도전할 수밖에 없었다. 이번에는 가장자리에 데이지가 피 어 있고, 버드나무 한 그루가 한 가운데에 심어져 있는 넓은 꽃밭 위로 올라갔다.

"아, 참나리구나." 바람결에 우아하게 흔들리는 꽃을 보고 앨리스가 말했다. "네가 말을 할 수 있다면 얼마나 좋을까!"

"우리도 말할 수 있어." 참나리가 말했다. "대화할 가치가 있는 사람이 있을 때만."

앨리스는 너무 놀라서 잠시 아무 말도 할 수 없었다. 숨이 멎을 것 같았다. 마침내 참나리가 계속 몸을 흔들자, 앨리스가 머뭇거리는 목소리로 입을 열었다… 거의 속삭이듯이. "꽃들이 모두 말을 할 수 있는 거야?"

"너만큼은 하지." 참나리가 말했다. "너보다 훨씬 큰 목소리도 낼 수 있고."

"먼저 말하는 건 예의가 아니잖아." 장미가 말했다. "그래서 언제쯤 네가 말을 걸어오려나 정말로 궁금한 참이었어! 난 이렇게 중얼거렸지. '저 애의 얼굴을 보니 뭔가 감각은 있는데, 똑똑한 애는 아니네!'라고 말이야. 어쨌든 네 색깔은 괜찮네. 오래가겠어."

"난 색깔은 관심 없고." 참나리가 말했다. "꽃잎들이 조금 더 동그랗게 말려 있다면 괜찮았을 텐데."

평가받는 것이 싫었던 앨리스가 질문들을 쏟아내기 시작했다. "아무도 돌봐주지 않는 이런 야외에 심겨져 있어서 무섭지 않니?"

"저기 한가운데에 나무가 있잖아." 장미가 말했다. "저 나무가 저기 왜 있겠어?"

"하지만 위험한 일이 생겼을 때, 저 나무가 뭘 해줄 수 있는데?" 앨리스가 물었다.

"나무가 '바우와우!' 하고 짖어주지." 데이지가 소리쳤다. "그래서 저 나뭇가지들을 '바우'라고 부르는 거잖아!"♦

"그것도 몰랐어?" 또 다른 데이지가 물었다. 이제는 꽃들이 모두 다 같이 소리치기 시작하면서, 작고 날카로운 목소리들이 공중을 가득 채우는 것 같았다.

"모두 조용히!" 격정적으로 몸을 흔들고 흥분을 참지 못해 몸을 떨면서 참나리가 소리쳤다. "내가 잡으러 갈 수 없

♦ 개가 짖는 소리 bow-wow와 나뭇가지 bough의 발음이 비슷한 것을 이용한 언어유희다.

다는 걸 알아서 저러지!" 떨리는 머리를 앨리스 쪽으로 기울이며 참나리가 숨을 헐떡거렸다. "그렇지 않고서야 감히 저렇게 할 리가 있나!"

"신경 쓰지 마!" 앨리스가 위로하듯 말하고는, 다시 입을 열기 시작한 데이지들을 향해 몸을 숙이고 속삭였다. "입 다물지 않으면 너희들을 뽑아버릴 거야!"

모두들 즉시 잠잠해졌고, 분홍색 데이지 몇 송이는 하얗게 질려버리기도 했다.

"그렇지!" 참나리가 말했다. "데이지들이 제일 고약해. 누구 하나 말을 하면 모두가 함께 떠들기 시작하거든. 쟤들이 떠드는 걸 듣고 있다가는 시들어 죽을 정도라니까!"

"넌 어쩜 이렇게 말을 잘 하니?" 참나리가 칭찬을 듣고 기분이 나아지기를 바라는 마음으로 앨리스가 말했다. "여러 정원을 다녀봤지만 너처럼 말하는 꽃은 없었어."

"바닥에 손을 대고 느껴봐. 그러면 이유를 알게 될 테니."

앨리스는 손을 바닥에 댔다. "아주 딱딱하네. 이게 네가 말을 잘 하는 것과 무슨 상관인지 모르겠는데."

"대부분의 정원은 꽃밭을 너무나 푹신하게 만들지…. 그래서 꽃들이 늘 잠들어 있는 거야."♦

아주 그럴듯한 이유처럼 들렸기 때문에, 앨리스는 그 이야기를 알게 되어 굉장히 기뻤다. "그런 생각은 한 번도 못

♦ 꽃밭이라는 의미의 flower bed에서 침대를 뜻하는 bed를 이용한 언어유희다.

해봤어!" 앨리스가 말했다.

"내 생각엔 말이야, 넌 생각이란 걸 전혀 하지 않는 것 같구나." 장미가 아주 심하게 말했다.

"나도 이렇게 멍청해 보이는 애는 처음 봐." 제비꽃이 너무나 불쑥 말을 하는 바람에 앨리스가 깜짝 놀라 펄쩍 뛰었다. 그 전까지는 제비꽃이 한마디도 하지 않았으니까.

"말조심해!" 참나리가 소리쳤다. "누구라도 본 적이 있는 것처럼 말하기는! 이파리들 아래에 머리를 넣고, 거기서 코나 골아. 세상이 어찌 돌아가는지 모르게 잠이나 자라고, 꽃봉오리였던 시절처럼!"

"이 정원에 나 말고 다른 사람들이 있어?" 앨리스는 장미의 마지막 말을 신경 쓰지 않기로 마음먹고 물었다.

"이 정원에 너처럼 움직이는 꽃이 한 송이 있지." 장미가 말했다. "네가 어떻게 움직이는 건지 궁금한데…." ("넌 언제나 궁금하지." 참나리가 말했다.) "그 꽃은 너보다 훨씬 풍성해."

"그 꽃도 나처럼 생겼니?"

'이 정원 어딘가에 또 다른 소녀가 있다니!'라는 생각에, 앨리스가 신이 나서 물었다.

"그게, 너하고 똑같이 흉하게 생겼지." 장미가 말했다. "그런데 너보다 더 빨갛고… 꽃잎들은 더 짧아, 내 기억에."

"꽃잎들이 더 바짝 붙어 있지, 달리아처럼." 참나리가 끼어들었다. "어쨌든, 네 꽃잎들처럼 덜렁거리지는 않더라."

"네 잘못은 아니야." 장미가 친절하게 말해주었다. "넌 시들기 시작하는 거잖아…. 그럼 꽃잎들이 추레해지는 건 어쩔 수가 없지."

앨리스는 이 말이 전혀 마음에 들지 않았다. 그래서 화제를 바꿔보려고 이렇게 물었다. "그 애가 여기 오기는 해?"

"곧 보게 될 거야." 장미가 말했다. "가시가 있는 꽃이야."

"어디에 가시가 있어?" 앨리스가 호기심에 물었다.

"머리를 빙 둘러서 났지, 당연히." 장미가 대답했다. "넌 가시가 없었다니 이상하다. 당연한 규칙이라고 생각했는데."

"저기 온다!" 미나리아재비가 소리쳤다. "쿵, 쿵, 쿵, 자갈길을 걸어오는 발자국 소리가 들려!"

주위를 정신없이 두리번거리던 앨리스는 그녀가 바로 붉은 여왕이라는 걸 알게 되었다. "굉장히 커졌네!" 앨리스가 붉은 여왕을 보고 내뱉은 첫마디였다.

정말이었다. 벽난로 속 잿더미 사이에서 처음 봤을 때, 붉은 여왕은 8센티미터밖에 되지 않았었는데… 지금 그녀는 앨리스보다 머리 반 개쯤 더 커져 있었으니까!

"맑은 공기를 들이마신 덕분이지." 장미가 말했다. "이 정원의 공기는 정말 놀랍도록 신선하거든."

"가서 만나봐야겠어." 앨리스가 말했다. 꽃들도 분명 재미있었지만, 진짜 여왕과 이야기를 나누는 일이 훨씬 더 굉장할 것처럼 느껴졌으니까.

"그렇게는 못 할 거야." 장미가 말했다. "반대쪽으로 걸어가라고 조언해줄게."

앨리스에게는 말도 안 되는 소리로 들렸기 때문에, 아무런 대꾸도 하지 않고 곧장 붉은 여왕 앞으로 걸어 나갔다. 하지만 놀랍게도 붉은 여왕의 모습이 순식간에 시야에서 사라지고 앨리스가 다시 현관문으로 걷고 있는 것이 아닌가.

살짝 약이 오른 앨리스는 뒤로 물러나서 여왕을 찾아 온 사방을 둘러보다가(마침내 아주 멀리 있는 붉은 여왕을 발견하고는), 이번에는 반대 방향으로 걸어가는 방법을 시도해봐야겠다고 생각했다.

완벽한 성공이었다. 걷기 시작하자마자 붉은 여왕과 얼굴을 마주보았을 뿐만 아니라, 그렇게 오랫동안 목표로 삼고 노력했던 언덕도 눈앞에 나타났으니까.

"넌 어디에서 왔지?" 붉은 여왕이 물었다. "또 어디로 가는 게냐? 고개를 들고 제대로 대답하거라, 손가락 배배 꼬는 것 좀 그만 하고."

앨리스는 여왕의 명령대로 모두 따르고, 길을 잃었노라고 최선을 다해 설명했다.

"너의 길을 잃었다는 게 무슨 소리인지 모르겠군."[◆] 여왕이 말했다. "이곳에 있는 길들은 모두 나의 소유인데 말이다…. 넌 왜 여기까지 나온 거지?" 여왕이 조금 친절한 말투로 물었다. "무슨 말을 할지 생각하는 동안 절을 하거라. 시간을 벌 수 있을 테니."

◆ 길을 잃었다lost her way라는 의미를 여왕이 글자 그대로 '그녀의 길을 잃었다'로 이해한 상황이다.

앨리스는 이 말이 조금 이상하다고 생각했지만, 여왕이 너무나 두려운 나머지 믿지 않을 수가 없었다. '집에 가서 해 봐야겠다. 저녁 식사에 좀 늦었을 때 말이야.' 앨리스가 생각했다.

"이제 답을 해야 할 시간이다." 여왕이 시계를 보며 말했다. "말을 할 때는 입을 조금 더 크게 벌리고, 언제나 '폐하'라고 해야 한다."

"전 정원이 어떻게 생겼는지 보고 싶었을 뿐이에요, 폐하…."

"그렇지."

여왕이 앨리스의 머리를 쓰다듬었는데, 앨리스는 그 행동이 전혀 마음에 들지 않았다.

"그런데, 네가 '정원'이라고 했는데 말이지… 이 정원은 내가 본 정원들에 비하면 황무지나 다름없는 수준이다."

앨리스는 그 말에 감히 토를 달지 못하고 이야기를 이어나갔다.

"…언덕 꼭대기로 가는 길을 찾을 수 있을 거라 생각했는데…."

여왕이 앨리스의 말을 가로막았다.

"'언덕'이라니, 내가 언덕들을 보여주면 넌 계곡이라고 부르겠구나."

"아니요, 그럴 리가요." 앨리스가 놀라서 결국 여왕에게 반박했다. "언덕은 계곡이 될 수가 없죠, 아시다시피. 터무니없는…."

붉은 여왕이 고개를 저었다.

"네가 원한다면 '터무니없는 소리'라고 해도 좋아. 하지만 내가 들어본 터무니없는 말들에 비하면, 이건 사전만큼이나 논리적인 소리다!"

조금 언짢아지는 여왕의 말투에 겁을 먹고, 앨리스가 다시 절을 올렸다. 그리고 두 사람은 언덕 꼭대기에 다다를 때까지 말없이 걸었다.

앨리스는 잠시 아무 말 없이 서서, 거울 나라를 빙 둘러보았다…. 너무나도 독특한 나라였다. 몇 개의 개울들이 나라를 가로지르며 흐르고, 개울들을 잇는 초록 산울타리들이 바닥을 반듯한 네모들로 나누어놓은 모습이었다.

"거대한 체스 판처럼 표시되어 있네요!" 마침내 앨리스가 입을 열었다. "분명 어딘가에 움직이는 체스 말들도 있을 텐데… 저기 있다!"

앨리스가 반갑게 말했다. 흥분한 앨리스의 심장도 빠르게 뛰기 시작했다.

"나라가 통째로… 지금 두고 있는 거대한 체스 판인 거네요…. 여기가 진짜 나라라면 말이죠. 아, 정말 재미있어! 저도 저 말들 중 하나였으면 얼마나 좋을까요! 참여할 수만 있다면 병사라도 상관없는데… 물론 여왕이라면 제일 좋겠지만요."

이렇게 말하면서 앨리스가 진짜 여왕을 수줍게 쳐다보았다. 그런데 붉은 여왕은 유쾌하게 웃기만 하다가 이렇게 말했다.

"쉽게 해결해줄 수 있지. 원한다면 하얀 여왕의 병사가 되거라. 릴리는 게임을 하기엔 너무 어리니까. 두 번째 칸에서 시작하는 거야. 여덟 번째 칸까지 가면 네가 여왕이 되는 거다…."

그 순간, 어떻게 된 일인지 두 사람이 갑자기 달리기 시작했다.

앨리스가 나중에 생각했을 때도, 어떻게 뛰기 시작한 거였는지는 전혀 알 수가 없었다. 기억하는 거라곤 둘이서 손을 잡고 뛰고 있었다는 것, 그리고 여왕이 너무나 빨라서 그녀를 따라가느라 정신이 없었다는 것, 그런데도 여왕은 여전히 "더 빨리! 더 빨리!"를 외쳐댔고 앨리스는 더는 빨리 달릴 수도 없었을 뿐더러, 그렇게 말할 숨도 남아 있지 않았다는 것이었다.

가장 기이했던 건, 주변에 있던 나무들과 다른 풍경들의 위치가 전혀 변하지 않았다는 점이었다. 아무리 빨리 달려도 그 어떤 것도 지나쳐가지 못하는 것 같았다. '주변이 모두 우리와 함께 움직이는 건가?' 앨리스가 어리둥절해하며 생각했다. 붉은 여왕은 앨리스의 생각을 눈치챈 듯, 이렇게 소리쳤다.

"더 빨리! 떠들 생각 말고!"

앨리스는 떠들 생각도 없었다. 너무나 숨이 차서 다시는 말을 하지 못하게 되는 건 아닐까 생각할 정도였으니까. 그런데도 여왕은 여전히 "더 빨리! 더 빨리!"라고 외치며 앨리스를 끌어당겼다.

"거의 다 왔나요?" 결국 앨리스가 헐떡거리며 겨우 입을 열었다.

"거의 다 왔지!" 여왕이 말했다. "아니, 10분 전에 지나쳤어! 더 빨리!"

그리고 두 사람은 아무 말 없이 계속 달렸다. 귓가에서 휙휙 바람 소리가 들리고 머리카락이 모두 뽑힐 것 같다고, 앨리스가 생각했다.

"자! 자!" 여왕이 소리쳤다. "더 빨리! 더 빨리!"

두 사람의 발이 바닥에 닿지도 않고 공중을 건너뛰는 듯이 빠르게 달리다가, 앨리스가 완전히 기진맥진한 상태가 되어서야 갑자기 두 사람이 달리기를 멈췄고, 숨도 가쁘고 어지러웠던 앨리스는 바닥에 주저앉고 말았다.

붉은 여왕은 앨리스를 나무에 기대어준 다음 친절하게 말했다. "이제 조금 쉬어라."

앨리스는 주변을 둘러보며 깜짝 놀랐다. "세상에, 우리가 내내 이 나무 밑에 있었다니! 모든 것이 그대로잖아요!"

"당연히 그대로지." 여왕이 말했다. "어떨 거라고 생각했지?"

"그러니까, 우리 나라에서는요." 여전히 숨을 헐떡거리며 앨리스가 말했다. "한참 동안 이렇게 빠르게 달리고 나면, 우리가 했던 것처럼… 그러면 어딘가 다른 곳에 도착해 있기 마련이거든요."

"느린 나라로구나!" 여왕이 말했다. "자, 여기는, 네가 보다시피, 같은 자리에 머물기 위해서는 네가 할 수 있을 만큼 계속 달려야만 해. 어딘가로 이동하고 싶다면 두 배는 더 빠르게 뛰어야만 한다!"

"안 할래요!" 앨리스가 말했다. "여기 있는 걸로도 충분히 만족해요. 너무 덥고 목이 마른 것만 빼면!"

"네가 뭘 원하는지 알지!" 주머니에서 작은 상자를 꺼내며 여왕이 부드럽게 말했다. "비스킷 먹으련?"

앨리스는 비록 그 비스킷을 전혀 먹고 싶지는 않았지만, '아니요'라고 말하는 건 예의가 아니라고 생각했다. 앨리스는 비스킷을 받아 들고 먹을 수 있는 만큼 먹었다. 너무나 퍽퍽한 비스킷이었다. 먹다가 그렇게 목이 막히는 비스킷은 평생 처음이었다.

"네가 한숨 돌리는 동안 난 측정을 좀 해야겠다."

여왕은 이렇게 말하고는 주머니에서 줄자를 꺼내서 표시를 하며 땅을 잰 다음, 여기저기 작은 말뚝을 박기 시작했다.

거리를 표시하기 위해 작은 말뚝을 박으며 여왕이 말했다. "2미터 끝에 도착하면, 네가 갈 길을 가르쳐주지…. 비스킷 하나 더 먹겠니?"

"아뇨, 감사합니다." 앨리스가 말했다. "하나로도 충분해요!"

"갈증은 가셨겠지?" 여왕이 물었다.

앨리스는 이 질문에 뭐라고 대답을 해야 할지 몰랐는데, 다행히도 여왕은 대답을 기다리지 않고 말했다.

"3미터 끝에서 한 번 더 알려주마…. 네가 잊을 수도 있을 테니. 4미터 끝에서는 작별 인사를 하고. 5미터 끝에 도착하면 나는 가야 한다!"

여왕은 말뚝들을 모두 다 박은 상태였다. 앨리스는 여왕이 나무가 있는 곳으로 다시 돌아왔다가 말뚝을 박은 줄을 따라 천천히 걷기 시작하는 모습을 흥미롭게 지켜보았다.

2미터 표시가 되어 있던 말뚝에서 여왕이 방향을 돌리고 말했다.

"병사가 맨 처음에 두 칸을 이동하는 거 건 알고 있겠지. 그러니 넌 세 번째 칸까지 아주 금세 갈 거다…. 아마, 기차로 갈 거야…. 그렇게 바로 네 번째 칸에 도착하게 될 거고. 아, 그곳은 트위들덤과 트위들디의 땅이다…. 다섯 번째는 대부분 물로 뒤덮여 있고… 여섯 번째 칸은 험프티 덤프티의 소유지…. 그런데 너 한마디도 안 하는구나?"

"말… 말을 해야 하는 건지 몰랐어요… 그땐." 앨리스가 더듬거리며 대답했다.

"이렇게 말했어야지. '이걸 모두 말해주시다니 대단히 친절하십니다…'라고 말이야. 뭐, 네가 이렇게 말했다고 치고… 일곱 번째 칸은 모두 숲이다…. 하지만, 기사들 중 하나가 네게 길을 알려줄 거야…. 여덟 번째 칸에서는 우리와 함께 여왕이 될 테고, 모두 축제를 열고 즐기는 거지!"

앨리스는 일어서서 무릎을 굽히고 절을 한 다음, 다시 자리에 앉았다.

그다음 말뚝에서 붉은 여왕이 다시 뒤를 돌아보며 이렇게 말했다.

"뭔가 영어로 떠오르지 않을 때는 프랑스어를 하거라…. 걸을 때는 팔자걸음으로 걷고… 네가 누구인지 기억하도록!"

붉은 여왕은 이번에는 앨리스가 절을 할 때까지 기다려주지 않고, 다음 말뚝을 향해 재빨리 걸어간 다음, 거기서 잠시 뒤로 돌아서 "안녕"이라고 작별 인사를 건네고는 마지막 말뚝으로 서둘러 이동했다.

어떻게 된 영문인지 앨리스는 전혀 알지 못했지만, 여왕은 마지막 말뚝에 도착하자마자 사라져버렸다. 공중으로 사라진 건지, 아니면 숲속으로 재빨리 달려간 건지('붉은 여왕은 엄청 빠르게 달릴 수 있잖아!' 앨리스가 생각했다), 도무지 알 길이 없었지만, 여왕은 사라졌고 앨리스는 자신이 병사라는 것과 곧 이동해야 할 시간이라는 것을 기억하기 시작했다.

제3장

거울 나라의 곤충들

＊　　　＊　　　＊

당연히, 가장 먼저 해야 할 일은 앞으로 여행하게 될 이 나라를 전체적으로 살펴보는 것이었다. '지리 공부를 하는 것 같네.' 앨리스는 조금이라도 더 볼 수 있을까 기대하며 발꿈치를 들고 서서는 생각했다. '큰 강들은… 없네. 큰 산들은… 내가 서 있는 곳이 유일한 것 같은데, 이름이 있을 것 같지는 않고. 큰 마을들은… 세상에, 저기 아래에서 꿀을 모으고 있는 저 생명체들은 뭐지? 벌일 리가 없어… 벌이라면 이렇게 멀리서 보일 리가 없으니까….' 앨리스는 그렇게 잠시 아무 말도 없이 서서 그 생명체들 중 하나가 꽃들 사이를 바삐 움직이며 꽃 속에 주둥이를 찔러 넣는 모습을 지켜보았다. '진짜 벌처럼 움직이네.' 앨리스가 생각했다.

하지만 그건 절대 평범한 벌이 아니었다. 알고 보니, 코끼리였다…. 처음 그걸 알아챘을 때, 앨리스는 너무 놀라 숨이 멎을 것 같았다. '대체 꽃들이 얼마나 거대하다는 거야!' 그것이 두 번째로 떠오른 생각이었다. '지붕을 드러낸 오두막에 줄기를 꽂아놓은 것 같겠네…. 그 속에 꿀이 엄청 많이 들어 있겠네! 내려가 봐야겠다…. 아니지, 아직은 안 돼.'

언덕을 뛰어 내려가려던 앨리스는 너무나 갑작스럽게 겁이 나는 이유를 생각해보았다.

"저 코끼리들을 밀쳐낼 아주 긴 막대기 없이는 절대 가면 안 되는 거야…. 산책이 어땠는지 내게 물어봐주면 너무 좋겠다. 그러면 이렇게 대답해야지…. '아, 아주 좋았지(앨리스의 버릇대로 고개를 살짝 치켜들곤), 다만 먼지가 너무 많고 더웠어. 코끼리들이 어찌나 귀찮게 하던지!'라고."

앨리스가 잠시 발을 멈췄다가 다시 입을 열었다. "다른 쪽으로 내려가야겠다. 코끼리는 나중에 만나도 되니까. 더군다나 난 세 번째 칸에 너무나 들어가고 싶거든!"

앨리스는 이렇게 핑계를 대며 언덕을 달려 내려가, 여섯 개의 개울들 중 첫 번째 개울을 건넜다.

"기차표 확인하겠습니다!"

역무원이 창문 안으로 얼굴을 들이밀며 말했다. 곧장 모두가 기차표를 들어 보였다. 기차표 크기가 사람과 비슷해서, 열차가 기차표로 가득 찬 느낌이었다.

"자! 기차표를 보여주렴, 애야!"

역무원이 화가 난 듯 앨리스를 쳐다보며 말했다. 그러자 아주 많은 목소리들이 한목소리로 말했다('무슨 합창을 하는 것 같네.' 앨리스가 생각했다).

"역무원을 기다리게 하지 말거라, 애야! 글쎄, 그의 시간은 1분에 1000파운드나 된단다!"

"죄송하지만 전 기차표가 없어요." 앨리스가 겁먹은 목소리로 말했다. "제가 출발했던 곳에는 매표소가 없었거든요."

그러자 다시 모두가 한목소리로 말했다. "저 애가 출발했던 곳에는 매표소가 있을 공간도 없지. 그곳의 땅값은 3미터에 1000파운드나 하니까!"

"핑계 대지 마라." 역무원이 말했다. "그럼 기관사에게 샀어야지."

그리고 또 한 번 합창 소리가 이어졌다. "기관차를 운전하는 분 말이야. 세상에, 그분이 연기 한 번 뻐끔거리는 데에 1000파운드지!"

앨리스가 혼자 생각했다. '무슨 말을 해도 소용없겠네.' 이번에는 앨리스가 아무런 말도 하지 않자 어떤 합창 소리도 들리지 않았다. 하지만 놀랍게도 모두가 함께 한목소리로 이렇게 생각하는 것이 아닌가(독자 여러분들은 '한목소리로 생각한다'는 말이 어떤 의미인지 이해하기를 바란다…. 솔직하게 털어놓자면, 나도 모르니까). '아무 말도 하지 않는 게 좋아. 말 한마디의 가치는 1000파운드나 되니까!'

'오늘 밤에는 1000파운드 꿈을 꾸겠네, 확실히!' 앨리스가 생각했다.

그동안 내내 역무원은 처음에는 망원경으로, 그다음에는 현미경으로, 그러고 나서는 오페라글라스로 앨리스를 지켜보고 있었다. 마침내 그가 입을 열고 "잘못된 방향으로 가고 있구나"라고 말을 하고는, 창문을 닫고 가버렸다.

"아무리 어린아이라 해도, 자기 이름은 모를지언정 어디로 가고 있는지는 알고 있어야지!" 앨리스와 마주 앉아 있던 신사가 말했다(그는 하얀 종이옷을 입고 있었다).

하얀 옷을 입은 그 신사 옆에 앉아 있던 염소가 두 눈을 감은 채 큰 소리로 말했다. "글자는 몰라도 매표소 가는 길은 알아야지!"

염소 옆에는 딱정벌레가 앉아 있었는데(온갖 승객들로 가득 찬 아주 괴상한 열차였다), 모두가 차례대로 말을 해야 하는 규칙이라도 있는 것처럼 딱정벌레도 이렇게 말했다. "여기서 수하물로 되돌려 보내야 해!"

앨리스는 딱정벌레 옆에 앉은 승객이 보이지 않았지만, 쉰 목소리는 들을 수 있었다. "기관차를 갈아타…." 그 목소리가 거기까지 들리다 말았다.

'말의 목소리 같은데.' 앨리스가 생각했다. 그러자 너무너무 작은 목소리가 앨리스의 귓가에 대고 이렇게 말했다.

"너도 말장난을 해봐…. '말'과 '쉰 목소리'에 관련된 걸로 말이야."♦

그때 멀리서 아주 온화한 목소리가 들려왔다. "저 애에게 이렇게 꼬리표를 붙여줘야 해. '소녀, 취급 주의'라고 말이야…."

그러자 다른 목소리들도 말했다('대체 이 열차에 얼마나 많은 승객들이 타고 있는 거야!' 앨리스가 생각했다).

"우편으로 보내야지, 머리가 붙어 있으니까…."♦♦

"전보로 보내야 해…."

♦ 말 horse와 목이 쉬다 hoarse의 발음이 같은 것을 이용한 언어유희다.
♦♦ 머리를 의미하는 head는 우표라는 뜻도 있다.

"남은 길은 반드시 저 애한테 기차를 끌고 가라고 해….." 등등.

그런데 하얀 종이옷을 입은 그 신사가 몸을 앞으로 굽히고 앨리스의 귀에 속삭였다.

"저들이 하는 말에는 신경 쓰지 말거라, 얘야. 대신 기차가 멈출 때마다 돌아가는 기차표를 사도록 해."

"절대 그럴 수 없어요!" 앨리스는 굉장히 성마르게 말했다. "이 기차 여행은 저와 아무 상관도 없으니까요…. 방금 전까진 숲속에 있었거든요…. 할 수만 있다면 그곳으로 다시 돌아가고 싶어요."

"그걸로도 말장난을 만들 수 있겠네." 그 작은 목소리가 앨리스의 귓가에 대고 말했다. "뭔가 '할 수만 있다면 하겠다'는 걸 이용해서 말이야."

"그렇게 놀리지 마." 그 작은 목소리가 들려오는 허공을 부질없이 바라보며 앨리스가 말했다. "그렇게 말장난을 만들고 싶으면, 네가 직접 하지 그래?"

그 작은 목소리가 깊은 한숨을 내쉬었다. 분명 굉장히 불행하게 들렸기 때문에, 앨리스는 뭔가 위로가 되는 연민의 말을 건네고 싶었다. '그냥 다른 사람들처럼 한숨을 쉰 거였다면 좋을 텐데!' 하지만 이건 너무나도 작은 한숨이어서, 앨리스의 귀에 그렇게 가까이에서 쉬지 않았다면 절대로 들을 수도 없었을 정도였다. 그만큼 가까이에서 한숨을 내쉰 바람에 앨리스는 귀가 너무너무 간지러웠고, 그 가엾은 작은 생명체의 불행에 대한 생각도 모조리 달아나버렸다.

"난 네가 친구라는 걸 알아." 그 작은 목소리가 말했다. "소중한, 그리고 오랜 친구. 비록 내가 곤충이지만, 넌 나를 해치지 않을 거라는 것도 알고."

"무슨 곤충인데?" 앨리스가 살짝 긴장한 채로 물었다. 앨리스가 정말로 알고 싶었던 건 그 곤충이 침을 쏘는지 안 쏘는지에 대한 것이었지만, 그건 예의 바른 질문이 아닐 거라고 생각했다.

"아니, 그렇다면 넌…." 그 작은 목소리가 말하기 시작하자마자 기관차의 날카로운 소음이 그의 목소리를 덮어버렸고, 모두가 놀라서 벌떡 일어서자, 앨리스도 그들과 함께 자리에서 일어났다.

말이 창밖으로 머리를 내밀었다가 침착하게 제자리로 되돌아와서 말했다.

"우리가 뛰어넘어야 하는 개울을 지나는 중이야."

모두들 그 말을 듣고 안심하는 것 같았지만 앨리스는 기차가 뛰어넘는다는 것 자체가 조금 무섭게 느껴졌다.

"그래도 기차가 우리를 네 번째 칸으로 데려다줄 테니, 그건 다행이네!" 앨리스가 혼자 중얼거렸다.

곧바로 기차가 공중으로 올라가는 느낌이 들자 겁이 난 앨리스가 가까이 잡히는 대로 무작정 움켜쥐었는데, 공교롭게도 염소의 수염이었다.

*　　　*　　　*　　　*　　　*

　　　　*　　　*　　　*　　　*

　　　*　　　*　　　*　　　*　　　*

　그런데 그 염소의 수염은 앨리스의 손이 닿자마자 녹아버리고, 앨리스는 어떤 나무 아래 가만히 앉아 있었고… 모기(앨리스에게 이야기를 하던 곤충이 바로 이 모기였다)가 앨리스의 머리 위 나뭇가지에서 균형을 잡고 서서 두 날개로 앨리스에게 부채질을 해주고 있었다.

　아주 커다란 모기이긴 했다. '거의 닭만 하네.' 앨리스가 생각했다. 그렇다고 두려움이 느껴지지는 않았다. 너무 오랫동안 대화를 해왔던 사이였으니까.

　"…넌 곤충들을 다 싫어하니?" 마치 아무 일도 일어나지 않았었다는 듯 모기가 차분하게 물었다.

　"말을 할 수 있는 곤충은 좋아." 앨리스가 말했다. "내가 사는 곳에는 말을 하는 곤충이 없긴 하지만."

　"네가 사는 곳에서는 어떤 종류의 곤충들을 좋아하는데?" 모기가 물었다.

　"난 곤충들에겐 전혀 관심이 없어." 앨리스가 대답했다. "왜냐하면 난 곤충들을 무서워하거든…. 적어도 커다란 곤충들은 다 무서워. 하지만 네게 곤충들의 이름은 몇 개 말해줄 수 있어."

　"이름을 부르면 그 곤충들이 당연히 대답하겠지?" 모기가 아무 생각 없이 물었다.

　"곤충들이 대답하는 줄은 전혀 몰랐네."

　"대답을 하지 않을 거라면, 곤충들에게 이름이 왜 필요하겠어?"

　"곤충들에겐 필요가 없지. 하지만 그 곤충들을 부르는 사람들에겐 필요하지 않을까 싶어. 그렇지 않다면, 왜 모든 것에 이름이 있겠어?"

　"뭐라고 말을 해야 할지. 저기, 저 아래 숲속에 사는 애들은 이름이 없거든…. 그래도 네가 아는 곤충들의 이름을 대봐. 시간 낭비 말고."

　"음, 말파리가 있고." 손가락으로 세어가며 앨리스가 곤충들의 이름을 대기 시작했다.

"좋아." 모기가 말했다. "덤불 중간쯤을 보면, 흔들-목마-파리♦가 보일 거야. 온몸이 나무로 되어 있는데, 그네처럼 몸을 흔들면서 가지들 사이를 떠돌아다니지."

"뭘 먹고 사는데?" 앨리스는 너무나 궁금했다.

"수액과 톱밥." 모기가 말했다. "계속해봐."

앨리스가 흔들-목마-파리를 아주 흥미롭게 쳐다보다가, 너무나 밝고 끈끈한 걸 보고 페인트를 방금 덧칠한 게 분명하다고 생각하며, 다른 곤충의 이름을 댔다.

"잠자리도 있고."

"네 머리 위 나뭇가지를 봐. 스냅-드래곤-잠자리 한 마리가 보일 거야. 몸통은 건포도 푸딩, 날개는 호랑가시나무 잎사귀, 머리는 브랜디에 적셔서 불을 붙인 건포도로 된 곤충이지."

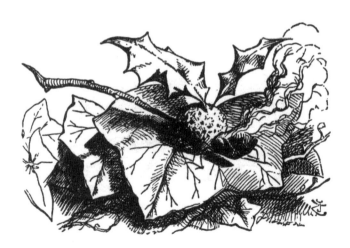

♦ 말파리 horse-fly와 운율을 맞춰 흔들-목마-파리 rocking-horse-fly로 이름을 지은 언어유희다.

"저 곤충은 뭘 먹고 살아?"

"우유 밀죽과 민스파이." 모기가 대답했다. "크리스마스 선물 상자 속에 둥지를 틀고 살아."♦

"그리고 나비도 있어." 머리가 활활 타고 있는 곤충을 자세히 들여다본 후, 앨리스가 이어갔다. 그러고는 이렇게 생각했다. '곤충들이 촛불로 달려드는 걸 왜 그렇게 좋아하나 했더니… 스냅-드래곤-잠자리가 되고 싶어서였나 보네!'

"네 발 위로 기어가는 녀석은 말이지." 모기가 말했다. (앨리스가 깜짝 놀라서 두 발을 뒤로 끌었다.) "버터-빵-나비야.♦♦ 날개는 얇게 저민 버터 바른 빵, 몸통은 딱딱한 빵 껍질, 그리고 머리는 각설탕으로 되어 있지."

"저 곤충은 뭘 먹고 살아?"

"크림을 넣은 연한 홍차."

앨리스가 또다시 궁금해졌다. "만약 홍차를 구하지 못하면?"

"그럼 죽겠지, 당연히."

"그런 경우가 자주 생길 텐데." 앨리스가 조심스럽게 말했다.

♦ 잠자리dragonfly와 운율을 맞춰 지어낸 스냅-드래곤-잠자리snap-dragon-fly는 모두 크리스마스에 관련된 물건들과 연관이 있다. '스냅-드래곤-잠자리'의 유래인 '스냅-드래곤 게임'은 크리스마스이브에 실내에서 즐기는 전통놀이로, 불을 붙인 브랜디 속에서 건포도를 건져 먹는 게임이다. 또한 건포도 푸딩은 크리스마스 저녁에 전통적으로 먹던 후식이며, 호랑가시나무는 크리스마스카드에서 흔히 볼 수 있는 빨간 열매가 달린 식물이고, 민스파이는 말린 과일들과 '민스미트'라 불리는 향신료로 만든 파이로, 역시 크리스마스에 먹던 후식이다.

♦♦ 나비butterfly의 butter와 운을 맞추려고 버터-빵-나비bread-and-butterfly를 만들어낸 언어유희다.

"늘 생기지." 모기가 말했다.

그 말을 듣고 앨리스는 생각에 잠겨, 잠시 아무 말도 하지
않았다. 그러는 동안 모기는 앨리스의 머리 주변을 빙빙 돌
며 즐겁게 윙윙거리다가, 다시 자리에 앉아 물었다. "넌 이
름을 잃고 싶지 않겠지?"

"절대." 앨리스가 조금 걱정스럽게 대답했다.

"그래도 난 모르겠더라." 모기가 무심하게 말했다. "이름
없이 집으로 돌아갈 수 있다면 얼마나 편리할지 생각해보면
말이지! 예를 들어, 가정교사가 수업을 하려고 너를 불러야
할 때, 이렇게 부르겠지. '어서 와….' 그러다가 그냥 돌아가
야 할 거야. 부를 이름이 없으니까. 그럼 당연히 너도 수업에
갈 필요가 없는 거고."

"절대 그렇게 되지는 않을 거야, 분명히. 그 정도를 가지
고 가정교사가 날 수업에서 빼줄 생각은 하지 않을 테니까.

내 이름이 기억나지 않으면, 하인들이 부르듯이 그냥 '아가씨!'라고 부르겠지."♦

"아, 만약 가정교사가 '아가씨'라고 말한 다음에 아무 말도 붙이지 않으면, 넌 수업을 빠져도 되는 건데. 그냥 말장난 하는 거야. 난 너도 말장난을 했으면 좋겠고."

"왜 내가 말장난을 하길 바라는데?" 앨리스가 물었다. "재미도 없는 말장난을."

하지만 모기는 깊은 한숨과 함께 두 뺨을 타고 굵은 눈물 두 방울을 흘렸다.

"말장난은 하지 않는 게 좋겠어. 그것 때문에 이렇게 슬퍼할 거라면 말이야." 앨리스가 말했다.

그러자 또다시 우울하게 토해내는 작은 한숨 소리가 들려왔다. 이번에는 그 가엾은 모기가 자신의 한숨과 함께 날려가버린 것 같았다. 앨리스가 고개를 들었을 때, 가지 위에는 아무것도 보이지 않았으니까. 너무 오래 가만히 앉아 있어서 한기가 꽤 느껴지자, 앨리스는 일어나서 걷기 시작했다.

얼마 지나지 않아 앨리스는 건너편에 숲이 있는 탁 트인 벌판에 도착했다. 지난번 숲보다 훨씬 더 어두워 보여서, 앨리스는 그 숲으로 들어가기가 꺼려졌다. 하지만, 곧바로 다시 마음을 먹었다. '난 절대. 다시 되돌아가지 않을 거니까.' 앨리스는 그렇게 생각했다. 더구나 그 길은 여덟 번째 칸으

♦ 아가씨를 뜻하는 miss를 수업을 빼먹다miss 의미로 이용한 언어유희다.

로 가는 유일한 길이기도 했다.

"여기가 분명히 그 숲이겠구나."

앨리스가 생각에 잠겨 혼자 중얼거렸다.

"모두들 이름이 없다는 곳. 여기 들어가면 내 이름은 어떻게 되는 거지? 절대로 이름을 잃기 싫은데… 나를 뭔가 다른 이름으로 부를 테니까. 분명히 추한 이름일 거야. 하지만 내 원래 이름을 가진 존재를 찾아다니는 것도 재미있겠는데! 애완견을 잃어버렸을 때 사람들이 하는 것 같은, 일종의 광고 같겠다…. ''대쉬'라고 이름을 부르면 달려옴, 황동 목걸이를 걸고 있음.' 만나는 모든 이들에게 '앨리스'라고 불러보는 거지. 누군가 대답을 할 때까지 말이야! 생각이 있는 애들이라면 절대 대답하지 않겠지만."

숲에 도착한 앨리스는 이렇게 숲속을 천천히 거닐었다. 숲은 아주 서늘하고 그늘져 보였다.

"그래도 아주 편안하긴 하네." 나무들 아래를 거닐며 앨리스가 말했다. "너무너무 더웠다가 들어왔더니… 여기가 어디더라?"

단어가 떠오르지 않자 앨리스는 자못 당황했다.

"그러니까 이… 이… 이 아래로 들어오려고 했는데!" 앨리스가 나무 몸통에 손을 대고 말했다. "이 이름이 뭐더라? 이름이 없는 것 같아… 세상에, 정말로 이름이 없구나!"

앨리스는 잠시 아무 말 없이 생각했다. 그러다가 갑자기 다시 입을 열었다.

"그러니까 정말로 그렇게 되었네, 결국! 그럼, 난 누구지? 할 수 있다면 기억해낼 거야! 그러기로 결심했어!"

하지만 결심은 별 소용이 없었다. 아주 한참 동안 생각한 후에 앨리스가 말할 수 있던 건 이것뿐이었으니까.

"앨, 앨로 시작하는 건 아는데!"

바로 그때 이리저리 돌아다니던 새끼 사슴 한 마리가 다가왔다. 크고 순한 눈으로 앨리스를 바라보았는데, 겁을 먹은 눈치는 전혀 아니었다.

"이리 와! 이리 와!"

앨리스가 손을 뻗어 그 사슴을 쓰다듬어주려고 했다. 하지만 사슴은 뒤로 주춤 물러서서 다시 앨리스를 쳐다보았다.

"넌 누구야?" 마침내 새끼 사슴이 물었다. 목소리가 어찌나 부드럽고 달콤하던지!

'나도 그걸 알면 얼마나 좋겠니!' 딱한 앨리스가 생각했다. 앨리스는 아주 슬픈 목소리로 대답했다. "이름이 없어, 지금은."

"다시 생각해봐." 새끼 사슴이 말했다. "없을 리가 없잖아."

앨리스가 다시 생각했지만, 아무것도 떠오르지 않았다. "부탁인데, 너는 너를 뭐라고 부르는지 말해줄래?" 앨리스가 소심하게 물었다. "그러면 조금 도움이 될 것도 같아서 말이야."

"조금만 더 가서 말해줄게." 새끼 사슴이 말했다. "나도 여기서는 기억을 못 하거든."

　그렇게 부드러운 새끼 사슴의 목을 다정스레 감싸 안은 채, 앨리스는 새끼 사슴과 함께 숲을 가로질러 걸었고, 또 다른 들판에 다다르자 새끼 사슴이 갑자기 공중으로 경중 뛰어오르며 앨리스의 팔을 뿌리쳤다.

　"나는 새끼 사슴이야!" 새끼 사슴이 기쁜 목소리로 소리쳤다. "이런, 세상에! 넌 인간 아이구나!"

　갑자기 그 아름다운 갈색 눈동자에 경계의 눈빛이 담기더니, 새끼 사슴은 곧바로 온 힘을 다해 달아나버렸다.

제자리에 서서 달아나는 새끼 사슴을 바라보던 앨리스는 함께 여행을 하던 사랑스런 작은 동반자를 갑자기 잃어버린 것이 속상해서 울음이 터질 것 같았다.

"그래도, 이제 내 이름을 알잖아." 앨리스가 말했다. "위로가 좀 되네. 앨리스… 앨리스… 다시는 잊지 않을 거야. 자이제, 이 중에서 어떤 표지판을 따라가야 되는 걸까?"

대답하기 어려운 질문은 아니었다. 숲 속에 난 길은 하나뿐이었고, 두 개의 표지판은 모두 그 길을 가리키고 있었으니까.

"길이 나뉘고 표지판들이 서로 다른 방향을 가리킬 때 결정할 문제네." 앨리스가 혼잣말을 했다.

그러나 그 상황은 생길 것 같지 않았다. 한참 동안 걷고 또 걸었지만, 길이 나뉠 때마다 표지판 두 개가 같은 방향을 분명하게 가리켰으니까. 하나에는 '트위들덤네 가는 길', 다른 하나에는 '트위들디네 가는 길'이라고 표시된 채로.

결국 앨리스는 이렇게 말했다. "둘이 한 집에 사는 게 분명해! 내가 왜 그 생각을 못 했지…. 여하튼 그 집에 오래 머물 수는 없어. 그냥 불러내서 '안녕?' 하고 인사한 다음, 숲에서 나가는 길을 물어봐야지. 어두워지기 전에 여덟 번째 칸에 도착할 수 있으면 좋겠다!"

앨리스가 그렇게 계속 걸음을 옮기며, 가는 내내 혼잣말을 하다가, 모퉁이를 돌자마자 키가 작고 뚱뚱한 남자 두 명과 마주쳤는데, 너무나 갑작스럽게 만난 터라 뒤로 물러났던 앨리스는 곧바로 그들이 분명하다는 생각에 마음을 진정시켰다.

제4장

트위들덤과 트위들디

*　　　*　　　*　　　*

　　그들은 서로의 목에 팔을 두른 채로 나무 아래 서 있었는데,
앨리스는 누가 누구인지 대번에 알아보았다. 각자의 옷깃에
한 사람은 '덤', 그리고 다른 사람은 '디'라고 수놓아져 있었
으니까.

"옷깃 뒷부분에는 둘 다 '트위들'이라고 수놓여 있겠지." 앨
리스가 중얼거렸다.

　　두 사람이 미동도 없이 서 있던 탓에 그들이 살아 있는 존
재라는 걸 잊어버린 앨리스가 각각의 옷깃 뒤쪽에 '트위들'
이라고 쓰여 있는지 확인하려고 뒤를 살펴보려던 순간, '덤'
이라고 표시된 남자의 목소리에 깜짝 놀라고 말았다.

　　"우리를 밀랍인형이라고 생각한다면 돈을 내야지. 밀랍인

형은 공짜로 구경할 수 있는 게 아니니까, 결코!" 그가 말했다.

"그와 반대로, 우리를 살아 있는 존재라고 생각한다면 말을 건네야지." '디'라고 표시된 남자가 말했다.

"정말 미안해요."

앨리스가 할 수 있는 말은 그게 전부였다. 오래된 노래 가사가 시계 초침 소리처럼 머릿속에서 끊임없이 떠오르는 바람에 앨리스는 결국 큰 소리로 그 가사를 읊을 수밖에 없었다.

> 트위들덤과 트위들디가
> 일전을 벌이기로 했대요.
> 트위들덤이 말하기를
> 트위들디가 새 방울을 망가트렸대요.

> 콜타르 통처럼 새까맣고
> 괴물 같은 까마귀가 날아오는 바람에
> 두 사람은 겁에 질려서
> 싸우는 것도 잊어버렸대요.

"네가 무슨 생각을 하고 있는지 아는데, 그건 그렇지 않아, 결코." 트위들덤이 말했다.

"그와 반대로." 트위들디가 말했다. "그렇다면, 그럴 수도 있지. 그랬다면, 그럴 거고. 하지만 그렇지 않으니까, 그렇지 않은 거야. 원래 그래."

앨리스가 공손하게 말했다. "저는 숲에서 나가는 가장 좋은 길이 어딜까 생각하는 중이었어요. 어두워지고 있으니까요. 혹시, 제게 알려줄 수 있나요?"

하지만 두 사람은 서로를 바라보며 싱글싱글 웃기만 했다.

두 사람이 너무나도 반듯한 남학생들처럼 보여서 앨리스는 트위들덤을 손가락으로 지목하며 말해버렸다. "첫 번째 학생!"

"결코!" 트위들덤이 기세 좋게 소리치고는 다시 입을 꾹 닫았다.

"다음 학생!" 앨리스가 트위들디에게 물었다. 그가 '그와 반대로!'라고 소리치기만 할 게 뻔하다고 생각하긴 했는데,

정말로 트위들디의 대답은 앨리스의 예상대로였다.

"네 잘못이야!" 트위들덤이 소리쳤다. "찾아와서 제일 먼저 해야 할 일은 '안녕하십니까?'라고 인사하며 악수를 하는 거잖아!" 그러면서 두 형제가 서로 어깨동무를 하고, 남은 손 하나씩을 내밀며 앨리스에게 악수를 청했다.

앨리스는 둘 중 어느 한 사람과 먼저 악수를 하고 싶지 않았다. 남은 사람의 기분을 상하게 할 것 같아서였다. 그래서 그 문제를 해결하는 최선의 방법으로, 두 사람의 손을 동시에 잡았다. 그리고 곧장 둥글게 돌며 춤을 추었다. 아주 자연스런 행동이었고(앨리스가 나중에 기억하기로는), 음악이 들려오는 것도 전혀 놀랍지 않았다. 그 음악은 그들이 아래에서 춤을 추고 있던 그 나무에서 흘러나오는 것 같았는데, 마치 바이올린의 현과 바이올린 활이 서로 맞비비듯, 나뭇가지들이 서로 맞비비며 연주하고 있었다(이것 역시 앨리스가 기억해낸 것이다).

"하지만 정말로 재미있었어."(나중에 이 모든 것을 언니에게 말해주며, 앨리스는 이렇게 말했다.) "내가 글쎄 '오디나무 주위를 빙빙 돌아요♦'를 부르고 있더라고. 언제부터였는지도 모르게 부르기 시작했는데, 이상하게 아주 오랫동안 부르고 있었던 것처럼 느껴졌었어."

함께 춤을 추던 나머지 두 명은 몸이 뚱뚱해서 이내 숨이

♦ 〈Here we go round the mulberry bush〉는 어린아이들에게 생활 습관을 가르치며 부르는 동요로, 〈둥근 해가 떴습니다〉라는 우리 동요와 비슷하다.

찼다.

"춤 한 번에 네 바퀴를 돌면 그걸로 충분해."트위들덤이 숨을 헐떡거리며 시작할 때처럼 갑자기 춤을 멈췄다. 동시에 음악도 멈췄고.

그들은 앨리스의 손을 놓고 잠시 가만히 서서 앨리스를 쳐다보았다. 아주 어색한 침묵이 흐르는 동안 앨리스는 방금 함께 춤을 추던 사람들과 어떻게 대화를 시작해야 할지 몰랐다.

"'안녕하세요?'라며 인사하는 건 정말 아니겠지, 이제 와서."앨리스가 혼자 중얼거렸다. "어쨌든 그 단계는 지난 것 같으니까!"

앨리스가 마침내 입을 열었다. "너무 힘든 건 아니시죠?"

"결코. 물어봐줘서 정말 고마워."트위들덤이 말했다.

"너무너무 고마운 일이야!"트위들디도 말했다. "시를 좋아하니?"

"네-에, 꽤 좋아하죠… 어떤 시들은."앨리스가 반신반의하며 물었다. "어떤 길로 가야 숲에서 나갈 수 있는지 알려주시겠어요?"

"어떤 시를 읊어줄까?"트위들디가 아주 진지한 눈빛으로 트위들덤을 바라보며 물었다. 앨리스의 질문은 듣지도 않고.

"〈바다코끼리와 목수〉가 제일 길지."형제를 다정하게 껴안으며 트위들덤이 대답했다.

트위들디가 곧바로 시를 읊기 시작했다.

바다 위로….

앨리스가 조심스럽게 끼어들어, 최대한 공손한 태도로 이렇게 말했다. "아주 긴 시라면, 어떤 길로 가야 할지부터 알려주실 수는…."

트위들디가 온화한 미소를 지으며, 다시 시를 시작했다.

바다 위로 빛나는 태양
혼신의 힘을 다해 빛나고 있었다.
파도를 보드랍고 밝게 만들기 위해
그의 온 힘을 다했다.
이상한 일이었다.
한밤중이었는데.

부루퉁 빛을 내던 달빛.
날이 저문 이후에는
그곳에 있어서는 안 되는 태양이
아직도 그곳에 남아 있으니….
"무례하도다!" 달이 말했다.
"나의 즐거움을 망치는 자여!"

바다는 한없이 촉촉했고
모래는 한없이 건조했다.

하늘에 구름이 없으니
구름 한 점 볼 수 없었고
하늘을 나는 새가 없으니
새 한 마리 볼 수 없었다….

손을 잡고 나란히 걷고 있는
바다코끼리와 목수.
그렇게 많은 모래를 본 적이 없다는 듯
눈물을 흘렸다.
"이 모래만 치워낼 수 있다면
얼마나 좋을까!"

"일곱 명의 하녀들이 일곱 개의 대걸레를 들고
반 년 동안 털어낸다면
깨끗하게 치울 수 있다고 생각하는가?"
바다코끼리의 물음에,
"안 되겠지." 목수가 대답하며
쓰디쓴 눈물을 흩뿌렸다.

"오, 굴들이여, 우리와 함께 걷자꾸나!"
바다코끼리는 간청했다.
"짭짤한 해변을 따라 걸으며
즐거운 산책, 즐거운 대화를 나누자.
각자에게 내밀 손은
네 개뿐이지만."

가장 나이 많은 굴이 바다코끼리를 바라봤다.
그러나 아무런 말도 건네지 않았다.
가장 나이 많은 굴이 눈을 찡긋하고
무거운 머리를 흔들던 것은…
굴 밭을 떠나지 않겠다는 뜻을
전하려는 것이었다.

허나 허둥지둥 나타난 어린 굴 네 마리.
특별한 즐거움에 모두들 들떠 있구나.

겉옷을 털고, 얼굴을 씻고,

깨끗하고 단정한 신발을 신고서….

이상한 일이었다.

굴에게는 발이 없는데.

또 다른 네 마리가 그 뒤를 따르고

다시 네 마리가 더.

결국 금세 빽빽하게 모여들더니,

점점 더, 점점 더, 그리고 점점 더 많은 굴들이….

모두 거품이 이는 파도를 뚫고

바닷가로 기어올랐다.

1킬로미터쯤 걷던

바다코끼리와 목수는

알맞게 낮은 바위 위에서

휴식을 취했다.

어린 굴들은 모두 한 줄로 서서

그들을 기다렸다.

"시간이 되었네." 바다코끼리가 말했다.

"많은 것들을 이야기할 시간.

신발과… 배와… 봉랍과…

양배추와… 왕들과…

바다가 펄펄 끓는 이유…
그리고 돼지에게 날개가 있는지에 대해서."

"하지만 이야기를 나누기 전에." 굴들이 소리쳤다.
"잠시만 기다려주세요.
숨이 찬 친구들도 있고,
우린 모두 뚱뚱하거든요!"
"서두를 거 없지!" 목수의 말에
모두들 깊은 감사를 전했다.

바다코끼리도 말했다. "우리에게 당장 필요한 것은
빵 한 덩어리니까.
후추와 식초를 곁들인다면
정말로 더할 나위 없을 테고….
자, 너희들만 준비되면
식사를 시작할 수 있어."

"저희를 먹지 마세요!"굴들이 소리쳤다.

새파랗게 질린 채로.

"그렇게 친절을 베풀어주셔놓고서

그런 무시무시한 일을 하시다니!"

"밤이 멋지구나."바다코끼리가 말했다.

"경치가 마음에 드니?"

"함께 와주다니 친절하기도 하지!

너무나도 착한 아이들이야!"

목수는 이렇게 말할 뿐이었다.

"한 조각 더 잘라주게.

귀먹은 건 아니었으면 좋겠군…

두 번씩이나 말하게 하다니!"

"부끄러운 마음이 드네."바다코끼리가 말했다.

"이런 속임수를 쓰다니.

이렇게 멀리까지 아이들을 데리고 오면서,

그렇게 종종거리게 했는데!"

목수는 이렇게 말할 뿐이었다.

"버터가 너무 두껍게 발라졌군!"

"너희들 때문에 눈물이 난다." 바다코끼리가 말했다.

"진심으로 가엾구나."

눈물을 떨구고 흐느껴 울며

가장 큰 굴들을 골라낸 바다코끼리.

손수건을 쥐고

눈물이 흐르는 눈을 가렸다.

"아, 굴들아." 목수가 말했다.

"재미있는 달리기였다!

다시 집까지 달려볼까?"

하지만 아무 대답도 들리지 않았다.

이상한 일이 아니었다.

모두 먹어버렸으니까.

"전 바다코끼리가 제일 마음에 드네요." 앨리스가 말했다. "가엾은 굴들에 대해 약간의 미안함을 느끼니까요."

"그래도, 바다코끼리가 목수보다 굴을 더 먹었어." 트위들디가 말했다. "손수건으로 얼굴을 가렸잖아. 얼마나 많이 먹었는지 목수가 볼 수 없도록 말이지. 그러니 그와 반대야."

"비열했네!" 앨리스가 분을 내며 말했다. "그럼 전 목수가 좋아요… 바다코끼리만큼 굴을 많이 먹지 않았다면."

"목수도 자기 양껏 먹었는데." 트위들덤이 말했다.

결정하기 어려운 문제였다. 잠시 멈췄다가 앨리스가 다시 말했다. "정말! 둘 다 아주 못된 인물들이네…."

그때 근처 숲속에서 커다란 증기 기관차가 연기를 내뿜는 것 같은 소리가 들리자 앨리스가 깜짝 놀라서 몸을 움츠리며, 맹수일 수도 있다는 생각에 겁을 먹었다.

"여기에 사자나 호랑이도 있어요?" 앨리스가 주뼛거리며 물었다.

"저건 그냥 붉은 왕이 코를 고는 소리야." 트위들디가 말했다.

"가서 봐!"

형제들이 말하고는, 앨리스의 손을 하나씩 잡고 붉은 왕이 자고 있는 곳으로 데려갔다.

"매력적이지 않니?" 트위들덤이 물었다.

솔직히 앨리스는 그렇다고 말할 수가 없었다. 술이 달린 길쭉한 취침용 모자를 쓴 채로, 정신없는 뭉텅이처럼 몸을 구기고 누워서 시끄럽게 코를 골고 있었으니까.

"코를 골다가 머리가 떨어져나가기 십상이지!" 트위들덤
이 말했다.

"젖은 풀 위에 누워 있으면 감기에 걸릴 텐데." 사려 깊은
앨리스가 말했다.

"붉은 왕은 지금 꿈을 꾸는 중이야." 트위들디가 말했다.
"무슨 꿈을 꾸고 있을 것 같니?"

"그건 아무도 모르죠." 앨리스가 말했다.

"아니, 너에 대한 꿈을 꾸는 중이지!" 트위들디가 의기양
양하게 손뼉을 치며 소리쳤다. "붉은 왕이 너에 대한 꿈에서
깨어나면, 넌 어디에 있을 것 같아?"

"지금 있는 이곳이죠, 당연히." 앨리스가 말했다.

"아니지!" 트위들덤이 거만하게 쏘아붙였다. "넌 아무데도 없을 거야. 왜냐, 넌 그냥 붉은 왕의 꿈에 나오는 존재일 뿐이니까!"

"저기 있는 왕이 잠에서 깨어나면, 너도 사라질 거야···. 탁! ···마치 촛불처럼!"

"그럴 리 없어요!" 앨리스가 화를 내며 소리쳤다. "게다가 만약 내가 왕의 꿈에 나오는 존재일 뿐이라면 당신들은 뭔데요? 저도 알아야겠는데요?"

"복사본이지." 트위들덤이 말했다.

"복사본, 복사본." 트위들디도 소리쳤다.

그가 너무 크게 소리를 치는 바람에 앨리스는 이렇게 말하고 말았다. "쉿! 그렇게 큰 소리를 내다가 왕을 깨우면 어쩌려고."

"아, 왕을 깨우는 이야기를 해봤자 소용없어." 트위들덤이 말했다. "넌 그저 그의 꿈속에 등장하는 존재들 중 하나일 뿐이니까. 네가 진짜가 아니라는 건 너도 잘 알잖아."

"난 진짜예요!" 그렇게 말하자마자 앨리스가 울기 시작했다.

"운다고 해서 진짜가 되는 건 아니야." 트위들디가 말했다. "울어봤자 아무 소용도 없고."

"제가 진짜가 아니라면 말이죠." 모든 것이 너무나 터무니없는 것 같아서, 눈물을 흘리다 피식 웃으며 앨리스가 말했다. "울 수도 없어야 되는 거잖아요."

"그게 진짜 눈물이라고 생각하는 건 아니겠지?" 너무나 경멸하는 말투로 트위들덤이 끼어들었다.

'난 저들이 말도 안 되는 소리를 하고 있다는 걸 알아.' 앨리스가 생각했다. '그러니 저 말을 듣고 우는 건 바보 같은 짓이야.' 그래서 앨리스는 눈물을 닦아내고, 최대한 명랑하게 말했다. "어쨌든 전 이 숲에서 나가는 게 좋겠어요. 정말로 어두워지고 있으니까요. 비도 올 것 같지 않아요?"

트위들덤이 자신과 형제 위에 커다란 우산을 펼치고는 그 위를 들여다보며 말했다. "아니, 비가 올 것 같지 않은데. 적어도 이 아래는, 결코."

"하지만 우산 밖에는 비가 오겠죠?"

"그럴 수도 있지… 비가 그러고 싶다면." 트위들디가 말했다. "우린 이의 없어. 그와 반대로."

'이기적인 존재들!' 앨리스가 생각하며 '안녕히 계세요'라고 말하고 떠나려는 순간, 트위들덤이 우산 밖으로 뛰어나와 앨리스의 손목을 붙잡았다.

"저거 보여?" 노여움으로 떨리는 목소리에 크고 누렇게 변한 눈으로, 트위들덤이 나무 아래에 놓인 작고 하얀 물체를 떨리는 손가락으로 가리켰다.

"그냥 방울이잖아요." 그 작고 하얀 물체를 유심히 들여다본 후에 앨리스가 말했다. "방울뱀이 아니라." 그가 겁을 먹었다고 생각한 앨리스가 얼른 말해주었다. "그냥 낡은 방울이에요. 아주 낡고 망가진 방울."

"나도 알아!" 정신없이 발을 구르고 머리를 쥐어뜯으며 트위들덤이 말했다. "망가진 방울, 분명히!" 그리고 곧바로 트위들디를 노려보자, 그가 즉시 바닥에 주저앉아서 우산 아래로 몸을 숨겼다.

앨리스는 트위들덤의 팔을 잡고 그를 달래주었다. "낡은 방울 때문에 그렇게 화를 낼 필요는 없어요."

"낡은 방울이 아니란 말이야!" 트위들덤이 감당할 수 없을 만큼 화를 내며 소리쳤다. "새 방울이라고, 정말로… 어제 샀는데… 나의 멋진 새 방울!" 그의 목소리는 완벽한 비명만큼 높아졌다.

그러는 내내 트위들디는 우산 속에 있는 상태로 우산을 접어보려고 안간힘을 쓰고 있었다. 너무나 보기 드문 그 모습은 화가 난 트위들덤을 보고 있던 앨리스의 시선을 단번에 사로잡았다. 하지만 뜻대로 되지는 않았고, 트위들디는 머리만 밖으로 내민 채 우산 속에 묶여 데굴데굴 구르고 말았다. 휘둥그레진 눈으로 입만 벙긋거리며 누워 있는 모습이라니….

'완전히 물고기 같네.' 앨리스가 생각했다.

"당연히 결투에 동의하겠지?" 트위들덤이 좀 더 진정된 목소리로 말했다.

"아마 그럴 듯." 우산 밖으로 기어 나오며 트위들디가 뚱하게 대답했다. "있잖아, 우리가 단장하는 건 저 애가 도와줘야 해."

그렇게 두 형제가 손을 잡고 숲속으로 들어가더니, 곧바로 두 팔 가득 뭔가를 잔뜩 들고 되돌아왔다…. 덧베개, 담요, 벽난로 앞에 까는 양탄자, 식탁보, 접시 덮개 그리고 석탄 통들이었다.

"고정시키고 끈으로 묶는 거 잘 하니?" 트위들덤이 물었다. "어떻게 해서든 이것들을 모두 입어야 하거든."

앨리스가 나중에 말하기를, 그런 법석은 평생 처음 보았다고 했다…. 그 두 형제의 부산스런 움직임… 그리고 그들이 몸에 걸치는 그 많은 것들… 끈으로 묶고 단추들을 잠그라는 그들의 어려운 요구사항들도….

"정말, 이걸 다 걸치고 나면 낡은 옷 뭉치들처럼 보이겠다!" 트위들디의 목에 덧베개를 둘러주며, 앨리스가 혼자 중얼거렸다. "목이 잘려나가지 않게 하려는 거랬지."

"너도 알잖아." 트위들디가 아주 진지하게 말했다. "결투에서 일어날 수 있는 가장 심각한 문제들 중 하나가… 머리가 잘려나가는 거라는 걸."

앨리스는 웃음이 터져 나왔지만, 그의 기분을 상하게 할까 싶어서 기침인 듯 얼버무렸다.

"나 너무 허약해 보여?" 트위들덤이 헬멧을 쓰려고 다가왔다(그는 헬멧이라고 불렀지만, 그건 냄비처럼 보이는 물건일 뿐이었다).

"음… 네… 조금이요." 앨리스가 다정하게 대답했다.

"난 원래 굉장히 용감무쌍해." 그가 목소리를 낮게 깔고 말했다. "오늘은 두통이 좀 있어서 그런 거야."

"난 지금 치통이 있어!" 그 말을 우연히 듣게 된 트위들디가 말했다. "너보다 훨씬 더 심하다고!"

"그렇다면 오늘은 결투를 하지 않는 게 좋겠어요." 화해시킬 수 있는 좋은 기회라는 생각에 앨리스가 말했다.

"조금이라도 싸워야 해. 오래 걸려도 난 상관없지만." 트위들덤이 말했다. "지금 몇 시지?"

트위들디가 시계를 확인하고 말했다. "4시 30분."

"그럼 6시까지 싸우고, 그다음에 저녁을 먹자." 트위들덤이 말했다.

"좋아." 트위들디가 자못 슬픈 목소리로 말했다. "저 애가 우릴 볼 수 있으니까… 네가 너무 가까이 오지 않는 게 좋겠어." 그가 말했다. "난 보이는 걸 다 때리잖아… 정말로 흥분하면."

"난 손에 닿는 걸 다 후려치지." 트위들덤이 말했다. "보이든 보이지 않든!"

앨리스가 웃으며 말했다. "나무들을 꽤 자주 치겠네요."

트위들덤이 만족스런 미소를 지으며 주변을 둘러보았다. "우리의 결투가 끝날 즈음이면, 저 먼 주변까지 남아 있는 나무가 한 그루뿐일 거야."

"고작 방울 하나 때문에!" 그렇게 하찮은 것 때문에 싸우는 걸 조금이라도 부끄러워하기를 바라며 앨리스가 말했다.

"나도 그렇게 신경 쓰지 않았을 거야. 새 방울만 아니었다면." 트위들덤이 말했다.

'괴물 같은 까마귀가 왔으면 좋겠다.' 앨리스가 생각했다.

"칼이 하나뿐이라는 거, 알지." 트위들덤이 그의 형제에게 말했다. "그렇지만 넌 우산을 쓰면 돼… 아주 뾰족하니까. 얼른 시작하자. 엄청 빠르게 어두워지고 있어."

"더 어두워질 거야." 트위들디가 말했다.

주변이 너무나 급하게 어두워지자, 앨리스는 폭풍이 오는 게 분명하다고 생각했다. "구름이 저렇게 크고 시커멓다니!" 앨리스가 말했다. "너무 빠르게 다가와요! 세상에, 날개가 있나 봐요!"

"까마귀다!"♦ 트위들덤이 깜짝 놀라 날카로운 목소리로 소리치더니, 줄행랑치며 순식간에 사라져버렸다.

앨리스는 숲속을 향해 조금 달려가다가 커다란 나무 아래서 멈춰 섰다. '여기 있는 나한테까지는 절대 오지 못할 거야.' 앨리스가 생각했다. "나무 사이를 비집고 들어오기엔 몸집이 너무 크니까. 날개를 저렇게 펄럭거리지 말았으면 좋겠어…. 숲속에 태풍을 만들고 있으니… 저기 누군가의 숄이 날아가네!"

♦ 까마귀가 온다crow would come와 구름이 온다cloud come의 발음이 비슷한 것을 이용한 언어유희다.

제5장

양털과 물

*　　*　　*　　*　　*

그렇게 말을 하면서 날아가던 숄을 잡은 앨리스는 숄의 주인을 찾기 위해 두리번거렸다. 잠시 후 숲에서 하얀 여왕이 마치 날고 있는 것처럼 두 팔을 활짝 벌리고서 정신없이 달려 나왔다. 앨리스는 숄을 가지고 여왕에게 정중하게 나아갔다.

"우연히도 제가 숄이 날아가는 길에 있어서 다행이에요."

앨리스는 여왕이 숄을 다시 걸치도록 도와주며 말했다.

하얀 여왕은 그저 겁에 질린 눈빛으로 무기력하게 앨리스를 바라보면서, '버터 바른 빵, 버터 바른 빵'이라고 들리는 말을 반복해서 혼자 중얼거리고 있었고, 앨리스는 조금이라도 대화를 나누기 위해서는 자신이 주도해야 한다고 생각했다. 그래서 조심스럽게 입을 열기 시작했다.

"제가 하얀 여왕님께 인사하고 있는 것인가요?"

"음, 그렇지, 옷을 입히는 것♦을 그렇게 부르겠다면 말이야." 여왕이 대답했다. "나는 그렇게 생각하지 않는다만."

여왕과의 첫 대화를 논쟁으로 시작하는 건 절대 옳지 않다고 생각한 앨리스는 미소를 지으며 이렇게 말했다. "폐하께서 제대로 된 방법을 알려주시면 제가 최선을 다해 해볼게요."

"나는 전혀 그럴 마음이 없는데!" 애처로운 여왕이 투덜거렸다. "지난 두 시간 내내 나는 혼자서 옷을 입었거든."

만약 여왕이 옷을 입는 것을 돕는 누군가가 있었더라면 훨씬 더 나았을 정도로, 앨리스가 보기에 여왕의 옷차림은 너무나도 엉망진창이었다. '모든 곳이 다 비뚤어졌네.' 앨리스가 생각했다. '온몸이 핀투성이잖아!'

"제가 숄을 제대로 걸쳐드려도 될까요?" 앨리스가 말했다.

"뭐가 문제인지 모르겠구나!" 여왕이 우울한 목소리로 말했다. "숄이 화가 난 것 같아. 숄 여기에도 핀을 꽂아주고, 저기에도 핀을 꽂았는데도, 만족을 시킬 수가 없네!"

"핀을 몽땅 한쪽에만 꽂으면 반듯하게 될 수가 없어요." 앨리스가 숄을 제대로 걸쳐주며 말했다. "그리고, 세상에나, 머리는 이게 무슨 꼴이래요?"

"솔빗이 머리카락 속에 엉켜서 그래!" 여왕이 한숨을 쉬

♦ 인사하다address를 옷을 입히다a-dress의 의미로 이해한 상황이다.

며 말했다. "게다가 참빗도 어제 잃어버렸거든."

앨리스가 엉킨 머리카락 사이에서 조심스럽게 그 머리빗을 꺼낸 다음, 최선을 다해서 머리를 정리했다. "자, 이제 훨씬 보기 좋네요!" 핀들도 대부분 고쳐 꽂은 다음, 앨리스가 말했다. "그래도 여왕님은 정말로 시녀를 두셔야겠어요!"

"기쁜 마음으로 너를 택하겠다!" 여왕이 말했다. "일주일에 2펜스, 그리고 격일로 잼도 줄게."

앨리스는 웃음을 참지 못하고, 이렇게 말했다. "저를 고용하지는 마세요… 그리고 전 잼도 좋아하지 않아요."

"아주 맛있는 잼인데."

"음, 오늘은 사양할게요, 어쨌든."

"정말로 먹고 싶었다 해도 받을 수는 없어. 내일의 잼, 어제의 잼은 있지만… 오늘은 잼은 절대 없거든. 그게 규칙이니까."

"언젠가는 분명히 '오늘의 잼'이 오잖아요." 앨리스가 이의를 제기했다.

"아니, 못 온단다. 하루걸러 한 번씩 생기는 잼이니까. 오늘은 다른 날♦이 아니잖니."

"무슨 말인지 모르겠어요. 너무 헷갈려요!"

"거꾸로 살아서 그래." 여왕이 친절하게 말했다. "처음엔 모두들 조금 얼떨떨하지…."

"거꾸로 산다니!" 앨리스가 너무 놀라 한 번 더 말해보았다. "그런 건 들어본 적이 없어요!"

"…하지만 커다란 장점도 있단다. 기억이 양방향으로 가능하다는 점."

"제 기억은 오직 한 방향으로만 가능한데. 아직 일어나지

♦ 하루걸러 every other day라는 의미를 다른 날 other day이라는 의미로 말장난하는 상황이다.

않은 일은 기억할 수 없거든요."

"과거만 소환하는 건 초라한 기억력이지."

"여왕님이 최고로 기억하는 건 어떤 것들일까요?" 앨리스가 조심스럽게 물었다.

여왕이 무심하게 대답했다. "오, 다다음주의 일들이지." 손가락에 고약을 붙이며 여왕이 말했다. "예를 들면, 왕의 전령은 지금 벌을 받느라 감옥에 있단다. 재판은 다음 주 수요일에야 시작되지. 물론 죄는 제일 나중에 저지르고."

"만약 전령이 죄를 짓지 않으면요?" 앨리스가 말했다.

"그렇다면 훨씬 좋은 일이지, 안 그러니?" 손가락에 붙인 고약을 끈으로 둘러 묶으며 여왕이 말했다.

앨리스는 반박할 말이 없다고 생각했다. "당연히 더 좋은 일이죠. 하지만 벌을 받는 건 훨씬 좋은 일이 아닐 거예요."

"그건 네가 틀렸어. 넌 벌을 받아본 적이 있니?"

"잘못했을 때만요."

"그 벌을 받아서 네가 훨씬 더 나아졌지, 내가 안다!" 여왕이 기세등등하게 말했다.

"맞아요, 하지만 그건 제가 벌을 받을 잘못을 했었던 경우고요. 이건 전혀 다른 이야기잖아요."

"네가 만약 벌을 받을 잘못을 하지 않았더라도, 벌을 받는 게 여전히 더 좋았을 거야. 더, 더, 더!" 여왕이 말했다. '더'를 말할 때마다 목소리가 높아지더니, 결국에는 꺅 하고 비명을 지르는 정도까지 높아졌다.

앨리스가 "뭔가 문제가 있는…"이라고 말하기 시작한 순간, 여왕이 너무나 크게 소리를 지르는 바람에 말을 끝맺을 수가 없었다.

"아, 아, 아!" 마치 털어내고 싶다는 듯이 손을 흔들며, 여왕이 소리쳤다. "손가락에서 피가 나! 아, 아, 아, 아!"

여왕의 비명은 증기기관차의 기적 소리와 너무나 똑같아서, 앨리스는 두 손으로 귀를 막아야만 했다.

"무슨 일이에요?" 자신의 말소리가 전달될 틈이 생기자마자 앨리스가 물었다. "손가락을 찔리셨어요?"

95

"아직 찔리지 않았어." 여왕이 말했다. "하지만 곧 찔릴 거야. 아, 아, 아!"

"언제 찔릴 거라고 예상하시는데요?" 너무너무 웃고 싶은 마음을 참고 앨리스가 물었다.

가련한 여왕이 앓는 소리를 내며 말했다. "숄을 다시 여밀 때, 내 브로치가 곧바로 풀릴 거야. 아, 아!" 여왕이 그렇게 말하는 순간 브로치가 풀려버렸고, 여왕이 그 브로치를 정신 없이 움켜쥐고서 다시 잠그려고 했다.

"조심하세요!" 앨리스가 소리쳤다. "브로치를 완전히 잘 못 잡고 계시잖아요!" 앨리스가 브로치를 잡았지만 너무 늦었다. 핀이 빠져나가 여왕의 손가락을 찌르고 말았으니까.

"피가 난 이유가 설명이 되었지." 여왕이 미소를 지으며 앨리스에게 말했다. "이제 이곳의 방식이 이해가 되겠구나."

"그런데 왜 지금은 비명을 지르지 않으시는 거죠?" 귀를 막으려고 두 손을 든 채로 앨리스가 물었다.

"에이, 비명은 이미 다 질렀잖니." 여왕이 말했다. "그걸 또다시 반복할 이유가 있겠어?"

주변이 밝아지고 있었다.

"까마귀가 날아갔나 봐요." 앨리스가 말했다. "까마귀가 사라져서 정말 기뻐요. 밤이 오는 줄 알았는데."

"나도 기뻐할 수 있다면 얼마나 좋을까! 난 기뻐하는 방법이 기억나지 않아. 이 숲에서 살면서 원할 때마다 기뻐할 수 있으니, 너는 정말로 행복하겠구나!"

"이곳은 너무나 외로울 뿐인걸요!"앨리스가 우울한 목소리로 말했다. 외로움에 대한 생각이 들자 커다란 눈물 두 방울이 앨리스의 뺨을 타고 흘러내렸다.

"오, 그러지 마!"괴로워하며 앨리스의 손을 꼭 잡고, 가련한 여왕이 소리쳤다. "네가 얼마나 대단한 소녀인지 생각해보렴. 오늘 얼마나 긴 여정을 지나왔는지 생각해봐. 지금 몇 시일지도 생각해보고. 뭐든 떠올리면서, 울지만 말거라!"

앨리스는 눈물을 떨구면서도 웃음을 참을 수가 없었다. "뭔가를 생각하면 울음을 참을 수 있으신가요?"

"그게 울음을 참는 방법이니까." 아주 결연한 말투로 여왕이 말했다. "한 번에 두 가지를 할 수 있는 사람은 없잖니. 우선 네 나이부터 생각해보자… 넌 몇 살이지?"

"전 정확히 일곱 살 반이에요."

"'정확히'라는 말은 안 해도 된다." 여왕이 말했다. "그런 말 하지 않아도 믿을 수 있으니까. 이제 네가 믿어야 할 이야기를 해줄게. 나는 백일 년하고도 오 개월 하루를 살았단다."

"믿을 수 없어요!" 앨리스가 말했다.

"못 믿겠다고?" 여왕이 측은하다는 투로 말했다. "다시 해봐. 숨을 길게 들이마시고, 두 눈도 감고."

앨리스가 웃었다. "노력해도 소용없어요. 불가능한 이야기들을 믿을 수는 없는 거니까요."

"너는 연습을 많이 해보지 않은 게로구나. 내가 네 나이였을 때, 난 항상 하루에 반시간씩 연습을 했어. 세상에, 아침

식사를 하기도 전에 불가능한 이야기를 여섯 가지나 믿을 때도 있었단다. 저기 숄이 다시 날아가네!"

여왕이 말하자마자 브로치가 풀렸고, 갑작스런 돌풍이 여왕의 숄을 작은 개울 너머로 날려 보냈다. 여왕은 다시 두 팔을 벌리고 숄을 쫓아 날아갔는데, 이번에는 스스로 숄을 잡는 데에 성공했다.

"잡았어!" 여왕이 기세등등하게 소리쳤다. "이제 내가 혼자서 핀으로 고정시키는 것도 보렴!"

"그럼 이제 손가락은 괜찮은 거죠?" 여왕을 따라 작은 개울을 건너며 앨리스가 공손하게 물었다.

$$* \quad * \quad * \quad * \quad *$$
$$* \quad * \quad * \quad *$$
$$* \quad * \quad * \quad * \quad *$$

"아, 매우 좋아졌어!" 여왕이 소리쳤다. 말을 하는 동안 비명이 될 때까지 여왕의 목소리도 함께 높아졌다. "매-우! 매-애우! 매-애-애-우! 매-애-애-애!"

마지막 단어는 양의 긴 울음소리와 너무나 닮아서 앨리스는 흠칫 놀라고 말았다.

앨리스가 여왕을 바라보았다. 여왕이 갑자기 온몸에 양털을 두른 것 같았다. 앨리스가 두 눈을 비비고 다시 바라보았다. 무슨 일이 벌어졌는지 도무지 알 수가 없었다. 앨리스가 상점에 있었던 거였나? 그리고 계산대 뒤에 앉아 있던 건 정말로… 정말로 양이었을까? 아무리 눈을 비벼보아도, 아무것도 이해할 수가 없었다. 앨리스는 계산대에 팔꿈치를 올린 채 작고 어두운 상점 안에 있었고, 반대편에는 늙은 양 한 마리가 안락의자에 앉아 뜨개질을 하면서, 가끔씩 눈을 들어 멋진 안경 너머로 앨리스를 바라보고 있었으니까.

"뭘 사려고?" 뜨개질을 잠시 멈추고 고개를 들고서, 그 양이 마침내 입을 열었다.

"아직 잘 모르겠어요." 앨리스가 아주 조심스럽게 대답했다. "괜찮다면, 먼저 좀 둘러봐야겠어요."

"원한다면, 네 앞도 보고 양옆도 볼 수 있지." 양이 말했다. "하지만 모두 다 둘러볼 수는 없어… 머리 뒤에도 눈이 달려 있다면 모를까."

그런 눈이, 당연히, 앨리스에겐 없었으므로, 앨리스는 몸을 돌려가며 직접 선반들에 다가가서 둘러보는 것으로 만족했다.

그 상점에는 온갖 종류의 특이한 물건들이 가득한 것 같았는데… 그중에서도 가장 특이했던 것은 어떤 물건이 있는지 확인하기 위해 선반을 자세히 들여다볼 때마다, 그 선반이 항상 텅 비어버린다는 점이었다. 주변의 다른 선반들은 물건들로 넘쳐났는데.

"이 상점의 물건들은 막 옮겨 다녀!"

크고 밝은 물건 하나를 잡으려다가 허탕을 치고 나서, 앨리스가 결국 하소연하듯 말했다. 인형 같기도 하고 반짇고리 같기도 한 그 물건은 옆 선반 위로 옮겨져 있었으니까.

"정말 약 오르네…. 하지만 말이지…." 불현듯 앨리스의 머릿속에 어떤 생각이 떠올랐다. "난 맨 꼭대기 선반까지 쫓아갈 거야. 천장을 뚫고 가려면 어리둥절할 거다!"

하지만 그 계획도 성공하지 못했다. 그 '물건'은 아주 가뿐하게 천장을 뚫고 지나갔으니까. 꽤 익숙한 듯이.

"너는 아이인 거냐 아니면 팽이인 거냐?" 바늘 한 쌍을 더 집어 들며 양이 말했다. "그렇게 계속 뱅글뱅글 돌아다니면, 곧 나까지도 현기증이 나겠다."

앨리스는 한꺼번에 열네 쌍의 뜨개바늘을 가지고 뜨개질을 하는 양의 모습을 넋을 놓고 바라볼 수밖에 없었다.

'저렇게 많은 바늘을 가지고 어떻게 뜨개질을 할 수가 있지?' 앨리스가 어리둥절한 채로 생각했다. '계속 바늘이 더 늘어나서 점점 호저처럼 보여!'

"노를 저을 줄 아니?" 뜨개바늘 한 쌍을 앨리스에게 건네며 양이 물었다.

"네, 조금… 하지만 땅 위에서는 못 해요…. 뜨개바늘 가지고도 못하고…." 앨리스가 대답하기 시작한 순간, 손에 쥐고 있던 뜨개바늘이 순식간에 노로 변하면서 앨리스가 양과 함께 작은 보트를 타고 강둑 사이를 유유히 미끄러지고 있는 것이 아닌가. 앨리스가 최선을 다해 노를 저을 수밖에 없는 상황이었다.

"페더!" 뜨개바늘을 한 쌍 더 들고 양이 소리쳤다.

대답이 필요한 말처럼 들리지 않아서, 앨리스는 아무 말 없이 노를 저었다. 앨리스는 그 강물이 뭔가 굉장히 기이하다고 생각했다. 때때로 노가 빠르게 물속으로 빨려 들어갔다가, 좀처럼 나오지 않았으니까.

"페더! 페더!" 뜨개바늘을 더 집어 들며 양이 소리쳤다. "곧 배가 뒤집히겠어."

'사랑스런 작은 게라니!' 앨리스가 생각했다. '꼭 잡아야지.'♦

♦ 배가 뒤집히다catch a crab이라는 관용구를 단어 그대로 '게를 잡다'는 의미로 이해한 상황이다.

"내가 '페더'라고 말하는 소리 못 들었어?" 양이 뜨개바늘을 한 움큼 집어 들면서 화가 난 목소리로 소리쳤다.

"들었어요." 앨리스가 대답했다. "아주 여러 번 말하셨잖아요. 그것도 아주 큰 목소리로. 게들은 어디 있어요?"

"물속에 있지, 당연히!" 뜨개바늘이 두 손에 넘쳐나자 몇 개를 양털 속에 꽂으며 양이 말했다. "페더라니까!"

"왜 자꾸 '페더'라고 하시는 거죠?" 아주 곤혹스러운 말투로, 마침내 앨리스가 물었다. "저는 새가 아닌데!"♦

"새 맞지." 양이 말했다. "넌 작은 거위니까."♦♦

앨리스가 그 말에 살짝 기분이 상해서 잠시 입을 꾹 다물고 있는 동안 유유히 흘러가던 보트는 때로는 수초 더미 사이를 지나기도 하고(수초들 때문에 노가 물속에서 그 어느 때보다도 심하게 꼼짝도 하지 않았다), 때로는 나무들 아래를 지나기도 했지만, 언제나 머리 위에는 높은 강둑이 얼굴을 찡그린 채 내려다보고 있었다.

"아, 제발! 저기 향기가 나는 골풀들이 있어요!" 앨리스가 갑자기 기분이 좋아져서 소리쳤다. "정말 있네요… 게다가 너무나 아름답고!"

"내게 저 골풀들에 대해 '제발'이라는 말은 할 필요가 없다." 양은 뜨개질을 하며 눈길도 주지 않은 채 밀했다. "내가 가져다 심은 것도 아니고, 그렇다고 내가 뽑을 것도 아니니까."

"아니, 제 말은… 혹시, 멈춰서 조금 뽑아 가도 되냐는 뜻이었어요." 앨리스가 애원했다. "보트를 잠시만 세워도 된다면요."

"내가 이 보트를 어떻게 세우겠니? 네가 노 젓기를 멈추면 보트가 저절로 멈출 텐데."

앨리스가 노 젓기를 멈추자 보트가 물살을 따라 떠가다

♦ '노를 수평으로 한다'라는 의미의 조정 용어인 페더를 새의 깃털 feather로 이해한 상황이다.
♦♦ 거위 goose는 멍청이라는 의미도 있다. 따라서 원문은 두 가지 의미로 해석할 수 있다.

가 살랑거리는 골풀들 사이로 부드럽게 미끄러지듯 흘러갔다. 앨리스는 골풀을 꺾기 전에 충분히 깊숙한 곳을 잡기 위해 작은 소매를 조심스럽게 걷어 올리고, 작은 두 팔을 팔꿈치까지 물속에 넣었다. 앨리스는 한동안 양과 뜨개질에 대해 까맣게 잊고, 헝클어진 머리카락 끝이 물에 젖도록 보트 옆으로 몸을 굽히고서⋯ 간절하게 반짝거리는 눈빛으로 사랑스럽고 향기로운 골풀을 한 다발씩 꺾었다.

"보트가 기울어지지 않아야 할 텐데!" 앨리스가 혼자 중얼거렸다. "아, 정말 예쁜 골풀이네! 하지만 손이 닿지 않아."

보트가 지나가는 자리마다 아름다운 골풀을 한 아름씩 꺾었지만, 좀 짜증나는 건 더 예쁜 골풀이 언제나 손에 닿지 않는 곳에 있다는 사실이었다. (앨리스는 이렇게 생각했다. '마치 일부러 저러는 것 같아.')

"가장 아름다운 건 언제나 멀리 있구나!"

멀찍이 떨어진 자리에서 고집스럽게 자라고 있던 골풀을 바라보며, 앨리스는 결국 한숨을 내쉬며 말했다. 벌겋게 달아오른 얼굴로, 머리카락과 두 손에서 물을 뚝뚝 흘리면서 제자리로 되돌아온 앨리스는 새로 얻은 보물들을 정리하기 시작했다.

꺾은 그 순간부터 시들어가고, 모든 향기와 아름다움도 잃기 시작하는 골풀이 앨리스에게 무슨 소용이 있을까? 알다시피 현실에서의 골풀도 그 향기가 아주 잠깐 지속될 뿐이고⋯ 꿈속의 이 골풀도 앨리스의 발 앞에 수북하게 쌓이자마자 눈처럼 녹아버리고 말았지만… 앨리스는 그조차 알아채지 못했다. 그것 말고도 신기한 것들이 너무나 많았으니까.

얼마 못 가서 노 하나가 물속에 단단히 박혀서 다시 나올 기미가 보이지 않았고(나중에 앨리스가 그랬다고 설명했다), 그 바람에 노의 손잡이가 앨리스의 턱을 쳤는데, 가엾은 앨리스가 '아, 아, 아!'라며 작은 비명을 질렀는데도 앨리스를 자리에서 쓸어내더니 결국 골풀 더미 한가운데로 떨어트리고 말았다.

하지만 앨리스는 다친 곳 없이 곧바로 벌떡 일어섰다. 양은 마치 아무 일도 없었다는 듯이 내내 뜨개질을 하고 있었고. 아직 보트 안에 있다는 사실에 너무나 안도하며 앨리스가 다시 자리에 앉자 양이 말했다. "아슬아슬하게 배가 뒤집힐 뻔했어!"

"그래요? 진 못 봤어요." 조심스럽게 시키먼 물속을 배 옆으로 들여다보며 앨리스가 말했다. "놓치지 않았으면 좋았을 텐데… 작은 게 한 마리를 찾아 집으로 데려가고 싶거든요!"♦

그러나 양은 멸시하듯 비웃으며 뜨개질을 계속했다.

"여기 게가 많나요?" 앨리스가 물었다.

"게도 많고, 온갖 종류의 물건들이 있지." 양이 말했다. "고를 물건들은 많으니, 마음만 정해. 자, 무엇을 사고 싶으냐?"

♦ 배가 뒤집히다catch a crab이라는 관용구를 단어 그대로 '게를 잡다'는 의미로 이해한 상황이다.

"사다니!" 놀라움과 두려움이 반반 섞인 말투로 앨리스가 말했다…. 노도, 보트도, 그리고 강도, 순식간에 사라져버리고, 앨리스는 다시 그 좁고 어두운 가게로 돌아와 있었으니까.

"달걀 하나 주세요." 앨리스가 주뼛거리며 말했다. "어떻게 파세요?"

"한 개에 5펜스 파딩… 두 개에는 2펜스다." 양이 대답했다.

"두 개가 한 개보다 싸다고요?" 지갑을 꺼내며 앨리스가 놀란 말투로 물었다.

"대신 두 개를 사면, 둘 다 먹어야 해." 양이 말했다.

"그럼 한 개만 주세요." 계산대 위에 돈을 올려놓으며 앨리스가 말했다. 앨리스는 '달걀이 아주 좋지 않을 수도 있으니까'라고 생각했다.

양은 돈을 받아 상자 안에 넣은 다음, 이렇게 말했다. "난 절대로 물건을 사람들의 손에 직접 건네주지 않아…. 그런 일은 절대 없지…. 네가 직접 가서 가져가야 한단다." 양은 그렇게 말한 다음, 상점 반대편 끝으로 가서 선반 위에 달걀을 세워놓았다.

'왜 그냥 주지 않는 거지?' 그렇게 생각하면서, 앨리스가 테이블들과 의자들 사이를 더듬거렸다. 끝으로 갈수록 상점이 너무너무 어두워졌기 때문에. '내가 가까이 다가갈수록 달걀이 점점 더 멀어지는 것 같아. 어디 보자, 이건 의자인가? 세상에, 의자에 나뭇가지들이 있다니! 여기서 나무들이 자라고 있다니 너무나 이상하네! 게다가 여기엔 진짜 작은

개울도 있어! 와, 여긴 지금까지 본 상점들 중에서 가장 기
이한 곳이야!'

그렇게 발걸음을 옮길 때마다 앨리스의 호기심도 함께 커
져갔고, 가까이 다가가자마자 모든 것이 나무로 변해버리는
모습을 보며, 앨리스는 달걀도 똑같이 될 거라고 예상했다.

제6장

험프티 덤프티

                    *   *   *   *   *
                         *

그러나 그 달걀은 크기가 점점 커져가고, 외형도 조금씩 사람처럼 변해갔다. 앨리스가 몇 미터 앞까지 다가갔을 때는 달걀에 있는 두 눈과 코와 입도 볼 수 있었다. 마침내 더 가까이 다가갔을 때, 앨리스는 그 달걀이 험프티 덤프티임을 확신했다.

"다른 사람일 리가 없네!" 앨리스가 중얼거렸다. "얼굴 전체에 그 이름이 써 있는 것마냥 확실하니까."

이름을 백 번쯤, 어렵지 않게 쓸 수 있을 만큼 엄청나게 커다란 그 얼굴. 험프티 덤프티는 높은 담장 위에서 터키 사람처럼 다리를 꼬고 앉아 있었는데… 폭이 너무나 좁은 담장 위에서 균형을 잡고 있는 것도 신기했고… 내내 시선을 반대 방향에 고정한 채로 앨리스가 온 것도 전혀 눈치채지 못했기 때문에, 앨리스는 그가 봉제인형이 분명하다고까지 생각했다.

"어쩜 저렇게 달걀처럼 생겼을까!"그가 언제라도 떨어질 수 있다고 생각했던 앨리스는 그를 받을 요량으로 두 손을 들고 서서 큰 소리로 말했다.

"너무나 짜증나는 말이군."험프티 덤프티가 긴 침묵을 깨고, 앨리스를 쳐다보지도 않은 채 입을 열었다. "나를 달걀이라고 부르다니… 너무나!"

"달걀처럼 보인다고 말한 거예요, 선생님."앨리스가 조심스럽게 설명했다. "그리고 정말로 예쁜 달걀들도 있는데." 앨리스가 말했다. 자신의 말을 찬사의 의미로 바꿔보려고.

"갓난아기만도 못한 생각을 가진 이들도 있어!"여전히 앨리스에겐 눈길도 주지 않고 험프티 덤프티가 말했다.

앨리스는 그 말에 뭐라고 답을 해야 할지 몰랐다. 대화도 아니라고 생각하기도 했고. 그가 앨리스에게 건넨 말은 한마디도 없었으니까 말이다. 사실, 그의 마지막 말은 누가 봐도 나무에게 했던 말이었으므로… 앨리스는 가만히 서서 조용히 시를 읊었다.

험프티 덤프티가 담장 위에 앉았네.
험프티 덤프티가 크게 떨어졌네.
왕의 모든 말들과 신하들도

험프티 덤프티를 원래대로 되돌리지 못했네.

"마지막 행은 시로 읽기엔 너무 길어." 험프티 덤프티가 들을 수도 있다는 걸 잊어버리고 앨리스가 큰 소리로 말해 버렸다.

"거기 서서 혼자 조잘대지 말고 이름과 용무나 말해." 험프티 덤프티가 처음으로 앨리스를 쳐다보며 말했다.

"제 이름은 앨리스인데…."

"더없이 멍청한 이름이군!" 험프티 덤프티가 성급하게 끼어들었다. "무슨 의미지?"

"이름에 의미가 있어야 하나요?" 앨리스가 반신반의하며 물었다.

"당연히 있어야지." 험프티 덤프티가 피식 웃으며 대답했다. "내 이름은 나의 외모를 의미하지…. 이름도 멋지잖아. 네 이름은 아무 외모에나 가져다 붙일 수 있겠어, 거의 다."

"왜 여기 혼자 앉아 계시는 거예요?" 언쟁을 시작하고 싶지 않아서 앨리스가 물었다.

"아니, 나밖에 없으니까 그렇지!" 험프티 덤프티가 소리쳤다. "내가 그런 수수께끼의 대답도 모를 거라고 생각한 건가? 하나 더 물어봐."

"땅으로 내려오는 게 더 안전할 거라고 생각하지는 않아요?" 다른 수수께끼는 떠오르지 않고, 그저 이 괴상한 존재에 대해 걱정하는 고운 마음으로, 앨리스가 또 물었다. "그

담장은 너무나 좁잖아요!"

"터무니없이 쉬운 수수께끼를 내다니!" 험프티 덤프티가 호통을 쳤다. "당연히 나는 그렇게 생각하지 않아! 아니, 만약에 내가 떨어진다고 치자…. 그럴 가능성은 전혀 없지만… 그래도 만약에 내가 떨어지면…." 험프티 덤프티가 불만스러운 듯이 입술을 오므리고, 너무나 진지하고 거창한 표정을 짓는 바람에 앨리스는 그만 웃음이 터지고 말았다. 그가 이야기를 이어갔다. "만약에 내가 담장에서 떨어진다면, 왕께서 약속하셨지…. 아, 뭐랄까, 네가 사색이 될지도 모르겠구나! 내가 이렇게 대답할 거라고 생각하지는 않았을 테니까, 그렇지? 왕께서 내게 약속하셨지…. 폐하의 입으로 직접…."

"폐하의 모든 말과 신하들을 보내주시겠다고." 조금 경솔하게 앨리스가 끼어들고 말았다.

"정말, 너무나 못돼먹었군!" 험프티 덤프티가 갑자기 분노하며 소리쳤다. "문에서, 그리고 나무 뒤에서, 그리고 굴뚝 아래서 엿듣고 있었구나…. 그렇지 않고서야 네가 알 리가 없잖아!"

"안 그랬어요, 정말이에요!" 앨리스가 아주 조심스럽게 말했다. "책에서 읽었어요."

"아, 그렇군! 사람들이 책에 그런 것들을 기록했을 수도 있지." 험프티 덤프티가 차분한 말투로 말했다. "그런 걸 바로 영국의 역사라고 부르는 거다. 자, 나를 잘 봐둬라! 내가 바로 왕과 이야기를 나눈 사람이다 이거야. 아마 어디서도

나 같은 사람을 만나지 못할 거다. 하지만 내가 오만하지 않
다는 걸 네게 보여주기 위해서 너와 악수를 해주지!"

그는 입이 귀에 걸리도록 웃
으면서, 몸을 앞으로 숙여(그
러다가 담장에서 거의 떨어질
뻔하기도 했다) 앨리스에게
손을 내밀었다.

앨리스는 그의 손을 잡으면서 조금 불안한 듯이 그를 쳐다보았다. '조금만 더 크게 웃으면 입 양쪽 끝이 머리 뒤에서 만나겠어. 그러면 저 머리가 어떻게 되려나! 머리가 떨어질지도 몰라!' 앨리스가 생각했다. "맞아, 왕의 모든 말들과 모든 신하들." 험프티 덤프티가 이야기를 이어갔다. "그들이 곧바로 나를 다시 올려놓을 거야, 그들이 그럴 거라고! 그런데 말이다, 이 대화가 너무 빠르게 흘러가고 있구나. 마지막에서 두 번째로 꺼냈던 화제로 돌아가자."

"죄송하지만 기억이 잘 안 나요." 앨리스가 아주 정중하게 말했다.

"그런 경우라면 새로 시작하면 돼." 험프티 덤프티가 말했다. "내가 화제를 고를 차례지…." ('대화가 마치 게임인 것처럼 말하네!' 앨리스가 생각했다.) "자, 너에게 질문하겠다. 네가 몇 살이라고 말했었지?"

앨리스가 재빨리 계산을 한 다음 대답해주었다. "일곱 살 반이요."

"땡!" 험프티 덤프티가 의기양양하게 외쳤다. "넌 그런 말을 한 적이 없어!"

"제게 '몇 살이냐?'라고 물어보신 거라 생각했는데요." 앨리스가 설명했다.

"그런 뜻이었다면, 그렇게 말했었겠지." 험프티 덤프티가 말했다.

앨리스는 또다시 언쟁을 시작하고 싶지 않았기 때문에,

아무 말도 하지 않았다.

"일곱 살 반이라!" 험프티 덤프티가 곰곰이 생각하며 말했다. "다소 불편한 나이로군. 내게 조언을 구했더라면, 이렇게 말해주었을 텐데. '일곱 살에서 멈춰라'라고 말이지. 하지만 이젠 너무 늦었다."

"전 절대 나이 먹는 것에 대해 조언을 구하지 않아요." 앨리스가 성을 내며 말했다.

"너무 오만한데?"

이 말을 듣고 앨리스는 더 화가 났다. "제 말은, 나이를 먹는 건 누구도 어쩔 수가 없는 일이잖아요."

"한 명♦은 못하겠지. 그러나 두 명이서는 할 수 있어. 적당한 도움을 받는다면, 넌 일곱 살에 멈출 수 있었을지도 모르지."

"너무나 아름다운 허리띠를 매셨네요!" 앨리스가 갑자기 허리띠 이야기를 꺼냈다.

(그만하면 나이에 관한 이야기는 충분히 했다고 앨리스는 생각했다. 그리고 정말로 차례대로 화제를 고르는 거라면, 이번에는 앨리스 차례였으니까.) "아니." 앨리스가 자신의 두 번째 화제를 바로잡았다. "아름다운 넥타이라고 말했어야 했나… 아니, 허리띠죠… 죄송해요!" 험프티 덤프티가 완전히 언짢은 기색을 보이자, 당황한 앨리스가 중언부언하면서,

---

♦ 불특정 다수를 지칭하는 'one'을 앨리스는 '누구도'로, 험프티 덤프티는 '한 명'으로 이해한 상황이다.

그 화제를 고르지 않았더라면 좋았을 거라고 생각하기 시작했다. '어디가 목이고 어디가 허리인지 알 수가 있어야지.'

비록 잠시 험프티 덤프티가 아무 말도 하지 않았지만, 굉장히 화가 나 있었던 것이 분명했다. 그가 다시 입을 열었을 때, 그가 아주 낮게 으르렁거리는 목소리로 말했으니까.

"최고로… 짜증나는… 일은… 바로, 사람들이 넥타이를 허리띠와 구별하지 못하는 거다!" 마침내 그가 입을 열었다.

"제가 너무 무식해서." 앨리스가 정말로 자신을 낮추고 이야기하자 험프티 덤프티도 누그러졌다.

"이건 스카프다, 꼬마야. 네가 말한 것처럼 아름다운 스카프. 하얀 왕과 여왕님께 받은 선물이지. 봐!"

"정말요?" 결국 괜찮은 화제를 골랐었다는 걸 알고, 앨리스는 너무나 기뻤다.

"그분들께서 내게 주신 거다." 험프티 딤프티가 생각에 잠겨, 다리를 꼬고 두 손으로 무릎을 움켜잡은 채 이야기를 이어갔다. "그분들께서 내게 주셨어… 생일-아닌-날 선물로."

"뭐라고요?" 앨리스가 어리둥절한 채로 말했다.

"불쾌하지 않은데." 험프티 덤프티가 말했다.♦

"그러니까, '생일-아닌-날 선물'이 뭔데요?"

"생일이 아닌 날에 받는 선물이지, 당연히."

앨리스가 잠시 생각했다. "전 생일날 받는 선물이 제일 좋

♦ 앨리스가 '뭐라고요? 한 번 더 말씀해주시겠어요?'라는 뜻으로 사용한 'I beg your pardon'을 험프티 덤프티는 '죄송합니다. 용서하세요'로 이해한 상황이다.

은데."

"지금 무슨 소리를 하고 있는 거야!" 험프티 덤프티가 소리쳤다. "1년이 모두 며칠이지?"

"365일이죠."

"일 년에 생일은 몇 번 있어?"

"한 번이요."

"365에서 1을 빼면, 몇이 남아?"

"364죠, 당연히."

험프티 덤프티는 확신이 들지 않는 것 같았다. "종이에 계산하는 걸 봐야겠다."

앨리스는 수첩을 꺼내며 웃음을 참을 수가 없었지만, 그에게 보여주기 위해 계산을 해 보였다.

$$
\begin{array}{r}
365 \\
-1 \\
\hline
364
\end{array}
$$

험프티 덤프티가 수첩을 들고 꼼꼼하게 확인했다. "맞는 것 같기도 하고…."

"수첩을 거꾸로 들고 계시는데!" 앨리스가 그의 말을 끊었다.

"정말 그랬구나!" 앨리스가 수첩을 돌려주자 험프티 덤프티가 쾌활하게 말했다. "어쩐지 좀 괴상하게 보인다 했다. 내가 말했던 것처럼, 계산은 맞는 것 같구나…. 지금 당장 철

두철미하게 확인할 시간은 없지만 말이지…. 그 계산대로라면 생일-아닌-날 선물을 받을 수 있는 날이 364일이라는 게 되지….”

“맞아요.” 앨리스가 말했다.

“생일 선물을 받는 날은 딱 하루고. 영광스럽구나!”

“왜 ‘영광스럽다’고 하시는 건지 모르겠어요.”

험프티 덤프티가 오만한 미소를 지었다. “당연히 모르겠지… 내가 말해줄 때까지는. 그건 ‘너를 멋지게 때려눕힌 언쟁’이라는 뜻이다!”

“하지만 ‘영광’이라는 건 ‘멋지게 때려눕힌 언쟁’이라는 의미가 아니잖아요.” 앨리스가 반박했다.

“내가 사용하는 단어는, 내가 선택한 의미로만 통한다…. 꼭 그 의미로만.” 험프티 덤프티가 아주 업신여기는 투로 말했다.

“제가 궁금한 건, 선생님이 단어들의 의미를 그렇게 여러 가지로 바꿔도 되느냐는 거예요.”

“누가 주인이 되는가의 문제지. 그뿐이다.”

앨리스는 너무나 헷갈려서 아무 말도 하지 못했고, 그래서 잠시 후에 험프티 덤프티가 다시 입을 열었다. “단어들에도 기질이 있다. 몇몇이 그런데, 특히 동사들, 걔들이 제일 거만하지…. 형용사들은 다른 단어들과 함께 쓸 수가 있는데, 동사들은 아니거든…. 하지만 나는 그 모든 동사들을 다룰 수 있다 이거야! 불가입성! 이게 내가 하려는 말이다!”

"그게 무슨 뜻인지 말씀해주시겠어요?"

"이제야 이치를 아는 아이처럼 말하는구나." 아주 흡족한 표정을 지으며 험프티 덤프티가 말했다. "내가 말한 '불가입성'의 뜻은, 그 주제에 대해서는 충분하게 이야기를 했으니 다음에 어떤 일을 할지에 대해 언급하는 것도 좋겠다는 의미지. 네가 평생을 여기서 머물 건 아닐 테니까."

"단어 하나에 그렇게나 많은 뜻이 있다니." 앨리스가 생각에 잠긴 채로 말했다.

"단어 하나가 그렇게 많은 일을 해야 할 땐, 난 항상 추가 수당을 지급한다." 험프티 덤프티가 말했다.

"오!" 앨리스가 말했다. 너무나 헷갈려서 다른 말은 떠올릴 수도 없었다.

"아, 단어들이 토요일 밤에 내 주변으로 모여드는 걸 봐야 하는데." 험프티 덤프티가 머리를 양쪽으로 근엄하게 흔들며 말했다. "급료를 받으려고 말이지."

(앨리스는 그가 단어들에게 무엇으로 급료를 지급하는지 감히 묻지도 못했다. 그래서 보다시피 나도 독자 여러분들에게 알려줄 수가 없다.)

"선생님은 단어들을 설명하는 재주가 뛰어나신 것 같아요. 혹시 제게 〈재버워키〉라는 시의 뜻도 알려주실 수 있나요?"

"어디 들어보자." 험프티 덤프티가 말했다. "만들어진 시라면 모두 설명해줄 수 있으니까… 아직 지어지지 않은 상당수의 시들도 마찬가지고."

굉장히 희망적으로 들리는 말이었다. 그래서 앨리스는 첫
번째 연을 읊었다.

> 보글 무렵, 유끈한 토브들이
> 해주밭에서 빙회돌며 송뚫고
> 보로고브들은 모두 조참했으며
> 집벗 래쓰들은 함람하던 시간에.

"그 정도부터 시작하자." 험프티 덤프티가 앨리스를 중단
시켰다. "어려운 단어들이 아주 많구나. '보글 무렵'은 오후
4시라는 뜻이야…. 저녁 식사를 준비하려고 음식을 보글보
글 끓이기 시작하는 시간이지."

"아주 멋지네요." 앨리스가 밀했다. "그럼 '유끈한'은요?"

"음, 그건 '유연하고 끈끈한'이라는 뜻이야. '유연하다'는 단
어는 '활동적이다'라는 단어와 같은 의미지. 이건 혼성어 같은
거라고 보면 된다…. 두 단어의 의미들이 한 단어에 합쳐진."

"이제 알겠어요." 앨리스가 곰곰이 생각하며 말했다. "그
럼 '토브'는 뭐죠?"

"아, '토브'는 오소리 같은 건데, 도마뱀 같기도 하고… 코
르크 마개뽑이처럼 생긴 동물이지."

"아주 특이하게 생겼겠네요."

"그렇지. 걔들은 해시계 아래에 둥지를 틀고… 치즈를 먹

고 살지."

"그리고 '빙회돌다'와 '송뚫다'는 뭐죠?"

"'빙회돈다'는 건 자이로스코프처럼 빙빙 회전한다는 뜻이야. '송뚫다'는 건 송곳으로 구멍을 뚫는다는 뜻이고."

"그리고 '해주밭'은 해시계 주변의 잔디밭이라는 뜻이겠네요?" 자신의 독창적인 생각에 놀라워하며 앨리스가 말했다.

"물론이지. 해시계 앞뒤로 길게 뻗어 있어서 '해주밭'이라고 부르는 거지…."

"그리고 양옆으로도 길게 뻗어 있고요."

"정확해. 음, 그리고, '조참하다'는 '조잡하고 비참하다'는 뜻이고(혼성어가 또 나온다). '보로고브'는 가늘고 추레해 보이는 새인데, 깃털이 모두 밖으로 삐져나와 있어…. 마치 살아 있는 대걸레처럼."

"그러면 '집벗 래쓰들'은요?" 앨리스가 물었다. "제가 골칫거리를 너무 많이 드리는 건 아닌지."

"자, '래쓰'는 초록색 돼지의 일종이야. 그런데 '집벗'은 나도 확실히 모르겠다. 내 생각에는 '집에서 벗어난'의 줄임말 같은데… 길을 잃었다는 뜻으로 말이야."

"그리고 '함람하다'는 무슨 의미죠?"

"음, '함람하며'라는 건 '고함치다'와 '휘파람을 분다'의 중간쯤 의미야. 중간에 재채기 같은 소리가 포함된. 그런데, 너도 듣게 될 거야, 아마도… 저기 보이는 숲에서… 그리고 한 번만 들어도 충분할 거다. 누가 너한테 이 어려운 시를 읊어주었지?"

"책에서 읽은 거예요. 그런데 그것보다 훨씬 쉬운 시들도 들었어요…. 트위들디에게 들은 시 같은 거요."

"시에 관해서라면 말이야." 커다란 두 손을 쭉 뻗으며, 험프티 덤프티가 말했다. "나도 남들만큼은 시를 낭송할 줄 알지, 시라면 말이야…."

"아, 그러실 필요는 없고요!" 그가 시를 읊기 시작하지 않기를 바라며 앨리스가 얼른 말했다.

"내가 낭송할 시는 말이지." 앨리스의 말은 신경 쓰지 않고 그가 말했다. "모두 너의 즐거움을 위해서 지어진 시야."

그런 시라면 반드시 들어줘야 되는 거라고 느낀 앨리스는 자리에 앉아, 약간 애석한 어투로 감사하다고 말했다.

> 겨울, 들판이 하얀 그 계절이 되면,
> 당신의 기쁨을 위해 이 노래를 부릅니다….

"난 노래는 안 불러." 그가 설명을 덧붙였다.

"알겠어요." 앨리스가 말했다.

"내가 노래를 부르는지 안 부르는지 볼 수 있다니, 대단히 예리한 시각을 가졌구나." 험프티 덤프티가 진지하게 말했다. 앨리스는 아무 말도 하지 않았다.♦

> 봄, 숲이 푸르른 그 계절이 되면
> 무슨 의미인지 알려드려 볼게요.

"너무너무 감사합니다." 앨리스가 말했다.

♦ 'I see'를 '알겠다'의 의미로 사용한 앨리스와 단어 그대로 '보다'로 이해한 험프티 덤프티가 서로 다른 말을 하는 상황이다.

여름, 하루가 길어지는 그 계절이 되면
아마 당신도 그 노래를 이해하시겠지요.
낙엽이 짙어지는 가을이 되면
펜과 잉크를 가지고, 나의 노래를 적어두세요.

"그럴게요. 그 때까지 기억할 수 있으면." 앨리스가 말했다.
"계속 그렇게 한마디씩 덧붙일 필요는 없어." 험프티 덤프
티가 말했다. "도움이 되는 것도 아니고, 시 낭송이 끊기잖아."

나는 물고기에게 전갈을 보냈지요.
"내가 바라는 건 이거야."라고.

바다의 작은 물고기들,
그들이 내게 답을 보내왔어요.

작은 물고기들의 답은 이러했지요.
"그렇게는 할 수 없습니다, 왜냐하면…."

"죄송하지만 전혀 이해를 못 하겠어요." 앨리스가 말했다.
"뒤로 가면 쉬워져." 험프티 덤프티가 대답했다.

나는 다시 전갈을 보냈지요.
"그대로 따르는 것이 좋을 텐데."

물고기들이 빙그레 웃으며 대답했어요.
"아이고, 성질머리 하고는!"

나는 한 번 말했고, 한 번 더 말했지만
그들은 조언을 들으려 하지 않았어요.

나는 커다란 새 주전자를 구했지요.
해야 할 일에 꼭 맞는 것으로.
심장이 콩닥거리고, 심장이 쿵쾅댔지만,
나는 펌프질로 주전자를 채웠어요.

그때 누군가 내게 와서 말했어요.
"작은 물고기들이 잠들었소."

내가 말했지요, 분명하게.
"그렇다면 다시 깨워야지요."

아주 크고 분명하게 말했지요.
귀에 대고 소리치면서.

이 연을 낭송하는 동안 험프티 덤프티의 목소리는 비명에
가깝게 높아졌고, 앨리스는 몸서리를 치며 생각했다. '난 어
느 누구의 전령도 되지 않을 거야!'

하지만 그는 강경하고 교만했지요.
"그렇게 크게 소리칠 필요 없소!" 그가 말했어요.

그리고 그는 아주 교만하고 강경했어요.
"내가 가서 그들을 깨우겠소, 만약에…." 그가 말했어요.

나는 선반에서 코르크 마개뽑이를 꺼냈어요.
그리고 직접 그들을 깨우러 갔지요.

문이 잠겨 있는 걸 확인하고는,

당기고 밀고 발길질하고 두드렸지요.

그래도 문이 닫혀 있기에,

나는 손잡이를 돌려보려 했지만….

긴 침묵이 이어졌다.

"끝이에요?" 앨리스가 주뼛거리며 물었다.

"끝이야." 험프티 덤프티가 말했다. "잘 가거라."

좀 뜬금없다고 앨리스는 생각했다. 하지만 가야 한다는 힌트를 그렇게나 노골적으로 받은 후에도 계속 남아 있는 건 예의가 아니라고 생각했다. 그래서 자리에서 일어나 손을 내밀었다. "다시 만날 때까지 안녕히 계세요!" 앨리스가 최대한 밝게 인사를 건넸다.

"우리가 다시 만난다 해도 너를 알아보지는 못할 거다." 험프티 덤프티가 손가락 하나를 흔들어 보이며 못마땅한 투로 대답했다. "넌 다른 사람들과 너무나 똑같아 보이니까."

"대부분 얼굴로 확인하면 되는데." 앨리스가 사려 깊은 말투로 말했다.

"내가 마음에 안 드는 것이 바로 그거야." 험프티 덤프티가 말했다. "네 얼굴이 다른 사람들과 똑같잖아…. 눈 두 개, 그리고… (엄지손가락으로 허공에 표시를 하며) 가운데 코하나, 그 아래에 입 하나. 자, 예를 들어서 네 얼굴에 두 눈이

코 한쪽에 몰려 있다거나… 입이 맨 위에 있다거나… 그랬다면 좀 도움이 될 텐데 말이야."

"그건 예쁘지 않잖아요." 앨리스가 반박했다.

하지만 험프티 덤프티는 그저 눈을 감은 채 말했다. "해보기 전까지는 모르지."

앨리스는 그가 계속 이야기를 할 거라 생각하고 잠시 기다렸지만, 눈도 뜨지 않고 더 이상 아무런 이야기도 하지 않았기 때문에, 한 번 더 "안녕히 계세요!"라고 인사를 건넸고, 이 인사에도 아무 대답이 없자, 조용히 발걸음을 옮겼다. 하지만 혼자 이렇게 중얼거릴 수밖에 없었다.

"모든 불평불만꾼들 중에서… (그렇게 긴 단어를 말하고 나니 커다란 위안이 되는 것 같아서, 앨리스는 그 단어를 한 번 더 말했다) 내가 만나본 모든 불평불만꾼들 중에서…."

앨리스는 결국 이 문장을 끝맺지 못했다. 그 순간, 엄청난 굉음이 숲 전체를 뒤흔들었기 때문에.

제7장

사자와 유니콘

곧이어 병사들이 숲으로 달려왔다. 처음에는 두 명씩, 세 명씩, 그 다음엔 열 명, 스무 명씩 늘어나더니, 결국 커다란 무리가 되어 숲 전체를 가득 채우는 것 같았다. 앨리스는 그 병사들에게 부딪힐까봐 나무 뒤에 숨어서 그들이 지나가는 모습을 지켜보았다.

앨리스는 평생 그렇게 발걸음이 불안정한 병사들은 처음 본다고 생각했다. 내내 뭔가에, 혹은 서로에게 걸려 넘어졌고, 한 명이 넘어지면 예외 없이 여러 명이 함께 그 위로 넘어졌기 때문에 바닥은 금세 병사들의 작은 더미들로 뒤덮이고 말았다.

그리고 말들이 나타났다. 말들은 다리가 네 개씩 있어서 그나마 병사들보다는 좀 나았지만, 그들 역시 때때로 휘청거렸다. 그러고 보니, 일종의 규칙인 것처럼 말들이 휘청거릴 때마다 곧바로 기수가 떨어졌다. 매 순간 혼란스런 상황이 점점 더 심해지고 있었기 때문에, 앨리스는 그 숲에서 빠져나와 드넓은 벌판으로 나오게 되어 너무나도 기뻤다. 들판에서는 하얀 왕이 바닥에 앉아서 부지런히 뭔가를 그의 수첩에 적고 있었다.

"모두 내가 보냈지!" 왕이 앨리스를 보고 기쁜 목소리로 소리쳤다. "애야, 숲에서 나오면서 혹시 그 병사들을 만났느냐?"

"예, 만났죠." 앨리스가 대답했다. "수천 명은 본 것 같은데요."

"사천이백 하고도 일곱이다. 정확히." 왕이 수첩을 보며 말했다. "말은 전부 보낼 수가 없었어. 두 마리는 게임에 필요하니까. 그리고 전령 둘도 남겨뒀고. 둘 다 마을로 보냈지. 길 위에 전령이 하나라도 보이면 내게 알려다오."

"길 위에는 아무도 안 보여요." 앨리스가 말했다.

"나도 그런 시력을 갖게 된다면 얼마나 좋을까." 왕이 짜증스런 투로 말했다. "'아무도'를 볼 수 있는 시력! 어떤 거리에서도! 난 이런 빛 아래서는 일반인들만 볼 수 있으니 말이야!"♦

하지만 앨리스는 왕의 말을 모두 이해하지 못한 채, 그저 한 손으로 눈 위에 그늘을 만들고 길만 살펴보고 있었다.

"지금 누군가 나타났어요!" 마침내 앨리스가 소리쳤다. "그런데 너무너무 천천히 와요…. 게다가 저 사람 자세도 정말 이상하네요!" (그 전령은 길을 따라 걸으며, 양쪽에 부채를 든 것처럼 커다란 두 손을 활짝 펼친 채, 위아래로 폴짝거리고 장어처럼 꿈틀대며 걷고 있었다.)

♦ 아무도 보이지 않는다 see nobody를 글자 그대로 '아무도 noboby를 본다'라는 의미로 이해한 상황이다.

"전혀 이상한 게 아니란다." 왕이 말했다. "저자는 앵글로색슨족 출신의 전령이야…. 저건 앵글로색슨족의 자세란다. 행복할 때에만 취하는 자세지. 그의 이름은 해이어야." (왕은 그 이름을 '메이어'♦와 운을 맞추듯 발음했다.)

"저도 ㅎ으로 시작되는 사람을 사랑하는데." 앨리스도 무심결에 말장난을 시작하고 말았다. "왜냐하면 그 사람이 행복하니까요. 전 ㅎ으로 시작되는 사람을 혐오해요, 왜냐하면 흉측하니까. 전 그에게 그러니까… 그러니까… 그러니까 햄샌드위치와 헤이♦♦를 주었어요. 그의 이름은 해이어, 사는 곳은…."

"그는 힐♦♦♦ 위에 살지." 앨리스가 ㅎ으로 시작되는 마을의 이름을 생각하느라 주저하는 사이, 왕은 자신도 운 맞추기 놀이에 참여했다는 걸 전혀 눈치채지 못하고 불쑥 말해버렸다. "또 다른 전령의 이름은 헤타일세. 전령은 반드시 두 명이 있어야 하지…. 왔다 갔다 하려면 말이야. 한 명은 오고, 또 한 명은 가고."♦♦♦♦

"뭐라고요?" 앨리스가 물었다.

"구걸하는 건 점잖지 못한 일이란다." 왕이 말했다.

"이해하지 못했다는 뜻이었어요." 앨리스가 말했다. "왜

♦ 메이어mayer는 시장을 의미한다.
♦♦ 헤이hay는 건초를 의미하며 'h'의 'ㅎ' 발음으로 운을 맞추었다.
♦♦♦ 힐hill은 언덕을 의미하며 'h'의 'ㅎ' 발음으로 운을 맞추었다.
♦♦♦♦ 심부름 하다fetch and carry를 글자 그대로 '가져가고 가져오다'라는 의미로 이해한 상황이다.

한 명이 가고 한 명이 와요?"

"말해주지 않았니?" 왕이 짜증스럽게 되풀이해주었다.
"심부름을 하려면 내겐 두 명이 필요하다고. 한 명이 가져가
고, 또 한 명은 가져오고."

그때 전령이 도착했다. 그는 한마디도 할 수 없을 만큼 너
무나 숨이 차서, 두 손을 흔들어대며, 너무나 걱정스런 표정
으로 가엾은 왕을 쳐다보았다.

"이 꼬마 숙녀는 자네가 ㅎ으로 시작해서 좋다는군." 전령
의 주목을 자신에게서 돌려보려는 요량으로, 왕이 앨리스를
소개했다. 하지만 소용없는 일이었다…. 커다란 눈동자까지
이리저리 정신없이 굴려가며, 그 앵글로색슨족의 자세가 점
점 더 기이해질 뿐이었으니까.

"나를 놀라게 하는군!" 왕이 말했다. "내가 어지럽구나…. 햄 샌드위치를 가져오너라!"

전령이 목에 걸고 있던 가방을 열고 샌드위치를 꺼내서 왕에게 건네자, 왕이 걸신들린 듯 게걸스럽게 집어삼켰는데, 앨리스는 그 모습이 너무나 재미있었다.

"샌드위치를 하나 더 내오너라!" 왕이 말했다.

"이제 남은 건 건초뿐입니다." 가방 속을 들여다보며, 전령이 말했다.

"그럼, 건초라도." 왕이 희미하게 속삭이듯 중얼거렸다.

건초를 먹고 힘을 낸 왕을 보고 앨리스는 안심이 되었다.

"쓰러질 것 같을 때에는 건초만한 게 없다네." 건초를 우적우적 씹으며 왕이 앨리스에게 말했다.

"차가운 물을 끼얹는 게 훨씬 나을 것 같은데요." 앨리스가 말했다. "아니면 탄산 암모니아수를 끼얹거나."

"더 나은 게 없다고 말하지 않았단다." 왕이 대답했다. "그만한 게 없다고 말했지."

앨리스는 감히 그 말을 부정하지 않았다.

"길에서 누구를 만났느냐?" 왕이 건초를 조금 더 달라고 전령에게 손을 뻗으며 말했다.

"아무도요." 전령이 대답했다.

"그랬겠지." 왕이 말했다. "이 꼬마 숙녀도 그를 봤다고 했으니. 그럼 당연히 그 '아무도'라는 자가 자네보다 걸음이 느리구나."

"저는 최선을 다했습니다." 전령이 뚱한 어투로 말했다. "저보다 빠르게 걷는 자는 없을 거라 확신합니다!"

"아무렴." 왕이 말했다. "그렇지 않았으면 그자가 먼저 여기 왔겠지. 그나저나 이제 자네가 숨을 좀 돌렸으니, 마을에 무슨 일이 벌어졌는지 말해보게."

"귓속말로 전하겠습니다." 손을 나팔 모양으로 말아 입에 가져다 댄 채, 왕의 귀에 가까이 몸을 굽히면서 전령이 말했다. 앨리스는 아쉬운 마음이 들었다. 마을 소식은 그녀도 듣고 싶었으니까.

그런데 귓속말을 하겠다던 그 전령이 가장 높은 목소리로 이렇게 소리쳐버렸다. "그들이 또 그럽니다!"

"이게 귓속말인가?" 가엾은 왕이 몸을 덜덜 떨고 펄쩍 뛰며 소리쳤다. "한 번만 더 그랬다간, 버터 칠을 해버리겠다! 네 목소리가 내 머릿속을 지진이 난 것처럼 헤집어놓았어!"

'엄청 시시한 지진이었겠네!' 앨리스가 생각했다. "누가 또 그런다는 거예요?" 앨리스가 조심스럽게 물었다.

"사자와 유니콘이지, 당연히."

"왕좌를 둔 결투인가요?"

"그렇겠지, 보나마나." 왕이 말했다. "게다가 제일 우스운 사실은 말이야. 그들은 늘 나의 왕관을 두고 싸운다는 거지! 어서 가서 보도록 하세." 그렇게 모두가 총총거리며 떠났다. 달리는 동안 앨리스는 오래된 노래 가사를 혼자서 흥얼거렸다.

사자와 유니콘이 왕좌를 두고 싸웠지요.

마을을 빙빙 돌며 사자가 유니콘을 때렸지요.

어떤 이들은 흰 빵을, 어떤 이들은 갈색 빵을,

어떤 이들은 건포도 케이크를 주고 북을 치며

마을에서 쫓아냈지요.

"그러니까… 이긴 쪽이… 왕관을… 차지하는 거죠?" 달리느라 숨이 가빠진 앨리스가 겨우 물었다.

"이런, 아니지!" 왕이 말했다. "어찌 그런 생각을!"

"다시 숨 좀… 돌리도록… 잠시만 멈춰주실… 은덕을 베풀어주시겠어요?" 조금 더 달리던 앨리스가 숨을 헐떡거리며 말했다.

"나는 충분히 은덕을 베풀고 있어." 왕이 말했다. "난 그저 충분히 강하지 않을 뿐이지. 보다시피 시간은 끔찍하게도 빠르게 흘러간다네. 자네도 밴더스내치를 멈추는 편이 나을 거야."

앨리스는 대답할 호흡이 남아 있지 않았다. 그렇게 그들은 아무 말 없이 빠르게 걸음을 옮겨, 많은 군중들이 모여 있는 곳에 도착해보니, 그 한가운데서 사자와 유니콘이 대결을 벌이고 있었다. 먼지 구름에 싸여 있어서, 처음에 앨리스는 누가 누구인지 분간할 수가 없었다. 하지만 곧 뿔을 보고 유니콘을 알아볼 수 있게 되었다.

그들은 한 손에 차 한 잔을, 또 다른 손에는 버터 바른 빵

을 들고서 대결을 지켜보며 서 있던 또 다른 전령, 해타 가
까이에 자리를 잡았다.

"해타는 감옥에서 방금 풀려났는데, 감옥에 잡혀 들어갈
때 차를 다 마시지 못했었지." 해이어가 앨리스에게 속삭였
다. "그런데 감옥에서는 굴 껍질만 주거든…. 그러니 보다시
피 너무나 배가 고프고 목이 마른 거야. 잘 지냈나, 친구?"
그가 정답게 해타의 목에 팔을 두르며 물었다.

해타가 돌아보고 고개를 끄덕이고는, 계속 버터 바른 빵
을 먹었다.

"감옥에서는 즐거웠고?" 해이어가 물었다.

한 번 더 돌아보는 해타의 두 뺨을 타고 눈물 한두 방울이
흘러내렸다. 그는 아무 말도 하지 않았다.

"말을 해, 하라고!" 해이어가 짜증스럽게 소리쳤다. 하지만 해타는 그저 우적우적 빵을 씹고, 차를 홀짝거릴 뿐이었다.

"말해보거라!" 왕이 소리쳤다. "저들의 대결이 어찌 되어 가는가?"

해타가 필사적으로 커다란 빵 조각을 꿀꺽 삼켰다. "아주 잘하고 있습니다." 그가 목멘 소리로 대답했다. "각각 여든 일곱 번 정도 쓰러졌고요."

"그러면 곧 사람들이 흰 빵과 갈색 빵을 가져오겠죠?" 앨리스가 조심스럽게 물었다.

"저들에게 줄 빵은 지금 준비되어 있어." 해타가 말했다. "내가 먹고 있는 게 그 빵 조각이지."

바로 그때 싸움이 중단되었고, 사자와 유니콘이 헐떡거리며 자리에 앉자 왕이 이렇게 소리쳤다.

"다과를 위해 10분을 허하노라!"

해이어와 해타는 흰 빵과 갈색 빵이 담긴 소박한 쟁반을 들고 다니며 곧바로 일을 시작했다. 앨리스도 맛을 보려고 한 조각 집어 들었지만 너무나 딱딱했다.

"저들이 오늘은 더 이상 대결을 하지 않을 것 같구나." 왕이 해타에게 말했다. "가서 북을 치기 시작하라고 명하게." 그러자 해타가 메뚜기처럼 폴짝폴짝 뛰어갔다.

앨리스는 잠시 그를 보며 말없이 서 있었다. 그리고 갑자기 앨리스의 얼굴이 환해졌다. "저기요, 저기!" 손가락으로 열심히 가리키며 앨리스가 소리쳤다. "하얀 여왕이 들판을

가로지르며 달리고 있어요! 저 너머 숲에서 거의 날아오시
네요…. 여왕님들은 어쩜 저렇게 빠르게 달리실까!"

"적들이 쫓아오고 있을 거다, 분명히." 왕이 돌아보지도
않고 말했다. "숲은 적들로 가득하니까."

"그런데도 여왕님을 도와주러 가지 않으시네요?" 너무 침착
하게 받아들이는 왕을 보고, 앨리스가 너무나 놀라서 물었다.

"소용없지, 소용없어!" 왕이 말했다. "여왕은 무시무시하
게 빨리 달리니까 말이야. 밴더스내치를 잡으려고 시도하는
편이 낫지! 그래도 원한다면 여왕에 대해 기록해두마…. 여
왕은 소중하고 좋은 생명체니까." 왕이 수첩을 펼치며 작게
웅얼거렸다. "생명'체'를 쓸 때 'ㅔ'가 맞나?"

그때 유니콘이 주머니에 손을 넣고, 어슬렁거리며 그들을
지나갔다. "내가 이번에는 뿔을 제대로 사용했지?" 지나치
는 동안 왕을 힐끗 쳐다보면서 그가 말했다.

"약간… 약간." 약간 신경질적으로 왕이 대답했다. "뿔로
사자를 들이받지는 말았어야지, 알잖아."

"다치지도 않았구먼." 유니콘이 아무렇게나 대답해버리고
는 그대로 걸어가다가 앨리스에게 시선이 닿았다. 그가 곧바
로 돌아서더니, 잠시 그대로 서서 너무나도 역겹다는 표정으
로 앨리스를 쳐다보았다.

"이건… 뭐…지?" 마침내 유니콘이 입을 열었다.

"어린이란다!" 해이어가 앨리스를 소개하기 위해 앞으로
나와, 앵글로색슨족의 자세로 두 손을 활짝 펼치면서 적극적

으로 대답했다. "우리도 오늘 발견했어. 실제 크기에, 두 배는 자연스럽지!"

"어린이가 엄청 멋진 괴물일 거라고 생각했는데." 유니콘이 말했다. "살아 있어?"

"말도 해." 헤이어가 말했다, 진지하게.

유니콘이 꿈을 꾸듯 앨리스를 쳐다보며 이렇게 말했다. "말해봐, 어린이."

앨리스는 자기도 모르게 입을 열면서 입술이 동그랗게 말려 올라가며 미소를 지었다. "있잖아, 나도 늘 유니콘이 멋진 괴물이라고 생각했었어! 이렇게 살아 있는 유니콘은 처음 봐!"

"그래, 이제 우리가 서로 확인을 했구나." 유니콘이 말했다. "네가 나의 존재를 믿으면, 나도 너를 믿는 걸로 하자. 찬성?"

"좋아, 네가 좋다면." 앨리스가 말했다.

"가서 건포도 케이크를 가져와, 친구!" 앨리스를 바라보던 유니콘이 왕에게로 시선을 돌리며 말했다. "내게 당신들의 갈색 빵을 줄 생각 말고!"

"그럼… 그럼!" 왕이 투덜거리며 헤이어에게 손짓했다. "가방을 열거라!" 그가 소곤거렸다. "어서! 그것 말고… 그건 건초 뭉치잖아!"

헤이어가 가방에서 커다란 케이크를 꺼내서 앨리스에게 들고 있으라고 전해준 다음, 접시와 커다란 칼을 꺼냈다. 어떻게 저런 것들이 모두 가방에서 나오는지 앨리스는 이해할 수 없었다. 그저 일종의 마술 같은 거라고 앨리스는 생각했다.

그러는 사이에 사자도 합류했다. 그는 무척 지치고 졸린 얼굴에, 두 눈도 반쯤 감겨 있었다.

"이게 뭐지!" 그가 앨리스를 보고 눈을 천천히 끔뻑거리면서 커다란 종이 울리듯 굵고 공허한 목소리로 말했다.

"아, 이게 뭐냐고?" 유니콘이 신나게 소리쳤다. "절대 짐작도 못 할 거다! 나도 못 했으니까."

사자가 기신기신하며 앨리스를 쳐다보았다. "너는 동물이냐… 식물이냐… 아니면 광물이냐?" 그가 물었다.

"멋진 괴물이잖아!" 앨리스가 대답을 하기도 전에 유니콘이 소리쳤다.

"그럼 건포도 케이크를 나눠줘, 괴물." 자리에 누워 앞발 위에 턱을 괴며, 사자가 말했다. "그리고 (왕과 유니콘을 향해) 너희 둘 다 자리에 앉아. 케이크를 공평하게 나눠야지!"

왕은 거대한 두 짐승들 사이에 앉아야 하는 것이 굉장히 불편했지만, 달리 앉을 자리가 없었다.

"저 왕관을 두고 지금 싸우면 어떨까?" 유니콘이 음흉하게 왕관을 쳐다보며 말하자, 가엾은 왕은 머리까지 흔들릴 만큼 심하게 몸을 떨었다.

"내가 쉽게 이기지." 사자가 말했다.

"아닐 텐데." 유니콘이 말했다.

"아니, 온 마을을 다니며 나한테 얻어맞았잖아, 이 겁쟁이 녀석아!" 사자가 말하다가 몸을 반쯤 일으켜 세우고 성을 내며 말했다.

그쯤에서 말싸움이 지속되는 걸 막으려고 왕이 끼어들었다. 잔뜩 겁을 먹은 탓에 그의 목소리가 꽤 떨리고 있었다. "온 마을을 다니면서라고?" 왕이 말했다. "그건 아주 긴 거리인데. 옛 다리도 지나갔었나? 장터에도 갔었고? 경치는 옛다리 옆이 최고인데."

"나도 모르지." 사자가 다시 자리에 누워 으르렁대듯 말했다. "먼지가 너무 많아서 아무것도 보이지 않았으니까. 괴물은 아직도 케이크를 자르고 있는 건가!"

앨리스는 작은 개울둑에 자리를 잡고 앉아서 무릎 위에 커다란 접시를 올려놓은 채, 칼을 가지고 부지런히 케이크를 잘라내고 있었다.

"너무너무 짜증나! 이미 여러 조각을 잘랐는데, 자꾸 원래대로 붙어버리네!" 앨리스가 사자에게 대답했다. (앨리스는 사자가 자신을 '괴물'이라고 부르는 것에 꽤 익숙해지고 있었다.)

"거울 나라의 케이크를 다루는 법도 모르다니." 유니콘이 말했다. "먼저 나눠준 다음에 자르는 거잖아."

말도 안 되는 소리처럼 들렸지만, 앨리스가 순순히 자리에서 일어나서 그 접시를 들고 돌아다니자 케이크가 저절로 세 조각으로 나눠졌다. "이제 잘라." 앨리스가 빈 접시를 들고 자리로 돌아가자 사자가 말했다.

"저기, 이건 공평하지 않아!" 앨리스가 칼을 들고 앉아서 어떻게 시작해야 할지 몰라서 쩔쩔매는 사이, 유니콘이 소리쳤다. "저 괴물이 나보다 사자에게 두 배나 더 줬잖아!"

"그래도, 괴물이 자기 몫은 챙기지 않았네." 사자가 말했다. "괴물, 너 건포도 케이크 좋아하니?"

앨리스가 대답을 하기도 전에 북소리가 울려 퍼지기 시작했다.

어디에서 들려오는 소리인지 앨리스는 알 수가 없었다. 온 세상을 가득 채운 것 같은 북소리가 머릿속까지 울려 퍼져서, 귀가 먹은 느낌이었다. 그래서 공포에 떨며 자리에서 벌떡 일어나 작은 개울을 건너뛰었는데….

<pre>
     *   *   *   *   *
        *   *   *   *
     *   *   *   *   *
</pre>

　무릎이 닿기도 전에 자신들의 식사가 방해되었다며 화가
난 표정으로 자리에서 일어나는 사자와 유니콘을 보게 되었
고, 그 무시무시한 굉음을 막아보려고 두 손으로 귀를 막았
지만, 아무 소용도 없었다.

　'만약 저 북소리로 저들을 마을 밖으로 내쫓을 수 없다면, 그
어떤 걸로도 절대 쫓아낼 수 없을 거야.' 앨리스가 생각했다.

제8장

"내가 발명한 거야"

＊　　＊　　＊　　＊　　＊
＊　　＊　　＊

잠시 후, 그 굉음이 점점 줄어들다가 모든 것이 죽은 듯한
정적 속에 잠기자 앨리스가 조심스럽게 고개를 들었다. 주변
에 아무도 보이지 않아서, 사자와 유니콘과 괴상한 앵글로색
슨족 정령들에 대한 꿈을 꾼 것이 분명하다는 생각이 먼저
들었다. 하지만, 건포도 케이크를 잘라보려고 했었던 커다란
접시가 아직 그대로 발 옆에 놓여 있는 걸 보고, "내가 꿈을
꾸고 있었던 건 아니구나…. 우리 모두가 같은 꿈에 등장하
는 조각들이 아니라면 말이야. 그 꿈이 붉은 왕의 꿈이 아니
라, 나의 꿈이었으면 좋겠다! 다른 누군가의 꿈에 속하는 사
람이 되긴 싫으니까"라고 혼잣말을 하던 중에 제법 투덜대
는 말투로 바뀌었다. "가서 붉은 왕을 깨운 다음, 어떻게 되

는지 봐야겠어."

그 순간, "이봐! 이봐! 체크!"라고 크게 외치는 소리에 앨리스가 생각을 멈추고 돌아보니, 붉은 갑옷을 걸친 기사가 커다란 곤봉을 휘두르며 앨리스를 향해 질주해 오다가, 갑자기 말을 멈춰 세웠다. "너는 나의 포로다!" 말에서 굴러 떨어지며, 그 기사가 이렇게 소리쳤다.

앨리스는 깜짝 놀랐지만, 그 순간 자신보다 떨어진 그 기사 때문에 더 놀라서, 그가 다시 말에 올라탈 때까지 걱정스런 눈길로 그를 바라보았다. 안장에 제대로 앉자마자 그가 한 번 더 "너는 나의…"라고 말하는 중에 또 다른 목소리가 "이봐! 이봐! 체크!"라고 외치는 소리가 들려왔고, 놀란 앨리스는 새로운 적을 찾느라 주변을 두리번거렸다.

이번에는 하얀 기사였다. 그 역시 앨리스 곁으로 다가왔다가, 붉은 기사와 똑같이 말에서 떨어졌다. 그런 다음 다시 말에 올랐고, 두 기사들이 잠시 입을 다문 채 서로를 쳐다보았다. 앨리스는 어쩔 줄 몰라 두 사람을 번갈아가며 쳐다보았다.

"앤 내 포로다, 알지!" 마침내 붉은 기사가 입을 열었다.

"그래, 그런데 와서 저 애를 구해준 건 나잖아!" 하얀 기사가 대답했다.

"그렇다면, 저 애를 두고 싸워야겠군." 붉은 기사가 (안장에 걸려 있던, 말 머리 모양의) 투구를 들어 올려 머리에 쓰며 말했다.

"결투의 규칙은 준수하겠지, 당연히?" 하얀 기사도 투구를 쓰며 말했다.

"언제나 준수하지." 붉은 기사가 말했다. 그리고 어찌나 맹렬하게 서로 달려드는지, 앨리스는 얻어맞지 않기 위해 나무 뒤로 몸을 숨겨야 했다.

"결투의 규칙이 뭔지 궁금하네." 숨어 있던 자리에서 소심하게 얼굴을 내밀고 싸움을 구경하면서, 앨리스가 중얼거렸다. "한쪽 기사가 다른 쪽 기사를 공격하면 그는 말에서 떨어지는 거고, 만약 공격하지 못하면 자신이 떨어지는 게 규칙인가 보네. 또 다른 규칙은 마치 펀치와 쥬디♦처럼 곤봉을 팔로 잡는 거고…. 굴러 떨어지는 소리가 요란하기도 하네! 벽난로 부지깽이들이 난로망 위로 쏟아지는 소리 같아! 말들은 어쩜 저렇게 차분하지? 마치 테이블이라도 된 것처럼 기사들이 오르락내리락하게 놔두고 있어!"

앨리스가 알아차리지 못했던 또 다른 결투의 규칙은 기사들이 항상 머리 먼저 떨어진다는 것, 그리고 두 기사들이 이렇게 나란히 떨어지면, 그 결투가 막을 내린다는 것이었다. 그들은 다시 몸을 일으키고 악수를 한 다음, 붉은 기사가 말에 올라 전속력으로 달려가버렸다.

"정말 영광스러운 승리였어, 그렇지?" 숨을 헐떡거리며 말에 오르면서 하얀 기사가 말했다.

"모르겠는데요." 앨리스가 확신 없이 대답했다. "전 어느 누구의 포로도 되고 싶지 않아요. 전 여왕이 되고 싶거든요."

"그렇게 될 거다, 다음 개울을 건너면." 하얀 기사가 말했다. "네가 무사히 숲의 끝에 도착하는 걸 확인하고… 나는 돌아와야 한다. 거기까지가 내가 이동할 수 있는 마지막 위

♦ 〈Punch and Judy〉, 광대인 펀치와 그의 아내 주디가 쉬지 않고 다투며 벌어지는 내용의 인형극이다.

치니까."

"너무너무 고맙습니다." 앨리스가 말했다. "투구 벗는 걸
도와드릴까요?" 분명, 혼자서 벗기가 어려워 보이는 투구였
다. 결국 앨리스가 그를 흔들며 간신히 투구를 벗겨냈다.

"이제야 숨을 좀 편히 쉬겠군." 두 손으로 텁수룩한 머리
를 뒤로 넘기고, 기사가 친절한 표정과 크고 온화한 눈으로
앨리스를 바라보았다. 앨리스는 그렇게 이상하게 생긴 병사
는 본 적이 없다고 생각했다.

몸에 맞지도 않아 보이는 주석 갑옷에, 어깨 위에 괴상하
게 생긴 작은 상자를 뚜껑이 열린 채로 거꾸로 묶어둔 모습.
앨리스는 호기심 가득한 눈으로 그 상자를 쳐다보았다.

"내 작은 상자가 마음에 드나 보구나." 기사가 다정한 목
소리로 말했다. "내가 발명한 거야…. 옷과 샌드위치들을 보
관하려고. 빗물이 들어가지 못하게 거꾸로 달고 다니지."

"하지만 물건들이 쏟아질 수도 있겠네요." 앨리스가 부드
럽게 말했다. "뚜껑이 열린 건 아세요?"

"그건 몰랐는데." 속상한 표정이 그의 얼굴 위에 번졌다.
"그럼 안에 있던 물건들이 밖으로 몽땅 쏟아졌겠네! 내용물
이 없으면 상자도 아무 쓸모가 없지." 그가 그렇게 말하면
서 묶여 있던 상자를 풀고 덤불 속으로 던지려는 순간, 갑자
기 무슨 생각이 들었는지 상자를 조심스럽게 나무에 걸었다.
"내가 왜 이랬는지 알겠어?" 그가 앨리스에게 말했다.

앨리스가 고개를 저었다.

"벌들이 이 안에 둥지를 지을까 해서…. 그러면 내가 꿀을 얻을 수 있잖아."

"하지만 벌집… 아니 벌집 비슷한 것…이 안장에 묶여 있던데요." 앨리스가 말했다.

"맞아, 아주 좋은 벌집이지." 기사가 불만스런 투로 말했다. "최고의 벌집. 그런데도 아직까지 그 근처에 벌이 한 마리도 날아오지 않았어. 그 옆에 있는 건 쥐덫이야. 혹시 쥐들이 벌들을 쫓아내는 건가 싶기도 한데…. 아니면 벌들이 쥐들을 못 오게 하거나. 어느 쪽이 맞는지 모르겠다."

"저 쥐덫은 왜 있는 건지 궁금했어요. 말 위에 쥐가 있을 리는 없을 텐데 말이에요."

"거의 없겠지, 아마도. 하지만 혹시 오기라도 한다면, 난 쥐들이 제멋대로 날뛰게 하고 싶지는 않거든." 그가 잠시 멈췄다가 계속 이야기를 이어갔다. "그게 밀이지. 모든 상황을 대비해두는 게 좋아. 말 발목마다 발찌를 채워둔 것도 그것 때문이고."

"발찌가 왜 필요한데요?" 진심으로 궁금하다는 듯 앨리스가 물었다.

"상어에게 물릴 경우를 대비해서야. 내가 발명한 거지. 이제 나를 좀 올려다오. 내가 숲 끝까지 데려다줄게…. 그런데 그 접시는 뭐지?"

"건포도 케이크를 담기 위한 접시예요."

"가져가는 게 좋겠다. 건포도 케이크가 생기면 아주 유용하겠어. 가방에 넣는 것 좀 도와주렴."

앨리스가 가방 입구를 아주 조심스럽게 벌리고 있었는데도 기사가 워낙 서툴러서, 접시를 넣는 데에 시간이 아주 오래 걸렸다. 처음 두세 번은 접시 대신 자기가 들어가려고 하기도 했고.

"봐, 겨우 들어갔어." 결국 접시를 가방 속에 넣고서, 그가 말했다. "가방 속에 초가 아주 많아서 그래." 그가 가방을 안장에 걸었는데, 안장에는 이미 당근 다발들과 벽난로용 부지깽이들 그리고 다른 여러 가지 물건들이 매달려 있었다.

"머리를 잘 묶었으면 좋겠는데?" 길을 나서며 그가 말했다.

"원래 이렇게 묶어요." 앨리스가 웃으며 말했다.

"그것으로는 절대 충분하지 않아." 그가 말했다, 걱정스럽게. "여긴 바람이 아주 심하게 불거든. 다이너마이트만큼 세지."

"머리카락이 날아가지 않도록 붙잡아주는 방법은 발명하지 않으셨어요?" 앨리스가 물었다.

"아직은." 기사가 대답했다. "하지만 머리카락이 빠지는 걸 막는 방법은 발명했지."

"듣고 싶어요, 너무너무."

"먼저 꼿꼿한 막대를 구해. 그다음에 머리카락을 그 막대에 묶어 올리는 거야, 과일나무처럼. 머리카락이 빠지는 이유가 아래로 늘어져 있어서잖니…. 위로 향하는 건 절대 떨어지지 않잖아. 이 방법도 내가 발명한 거란다. 원한다면 시도해봐."

'편안한 방법 같지는 않은데.' 앨리스가 생각했다. 그 방법에 대해 곰곰이 생각하며, 가끔씩 능숙한 기수가 아닌 게 분명한 이 딱한 기사를 도와주느라 가끔씩 멈추기도 하면서, 앨리스는 잠시 아무 말 없이 걸었다.

말이 멈출 때마다(아주 자주 생기는 일이었다), 기사는 앞으로 고꾸라졌고, 말이 다시 출발할 때마다(대개 아주 갑자기 생기는 일이었다), 기사는 뒤로 고꾸라졌다. 그런 경우를 제외하면 대체적으로 말 위에 잘 앉아 있었지만, 그는 가끔씩 양옆으로 떨어지는 습관이 있었다. 주로 앨리스가 걷고 있는 쪽으로 떨어졌기 때문에, 앨리스는 말에 너무 가까이 붙어서 걷지 않는 것이 최선의 방법이라는 걸 금세 깨달았다.

"말 타는 연습을 많이 하지 않으셨나 봐요." 말에서 다섯 번째 떨어진 기사를 위로 올려주며 앨리스가 조심스럽게 말했다.

그 말을 들은 기사가 깜짝 놀라기도 하고 약간 기분이 상하기도 한 표정을 지었다.

"왜 그런 말을 하지?" 다른 쪽으로 떨어지지 않으려고 한 손으로 앨리스의 머리카락을 잡은 채로 안장 위로 기어 올라가면서 기사가 물었다.

"연습을 많이 한 사람들은 그렇게 자주 말에서 떨어지지 않으니까요."

"난 충분히 연습했어." 기사가 매우 진지하게 말했다. "충분히 연습했다고!"

앨리스는 '정말?'이라는 말 말고는 딱히 떠오르는 말이 없어서, 그 말을 최대한 정중하게 내뱉었다. 그 후 두 사람은 조용히 걸었다. 기사는 두 눈을 감은 채 뭔가 중얼거리고, 앨리스는 기사가 말에서 또 떨어질까봐 불안하게 지켜보면서.

"승마에서 가장 중요한 기술." 기사가 갑자기 오른팔을 흔들며 큰 소리로 말했다. "그것은 바로⋯." 그의 말이 시작될 때와 마찬가지로 거기서 갑자기 끊겼다. 앨리스가 걷고 있던 바로 그 길로 기사가 심하게 꼬꾸라졌기 때문이었다. 이번에는 앨리스도 굉장히 놀라서, 그를 들어 올리며 걱정스럽게 물었다. "뼈가 부러진 건 아니겠지요?"

"이런 사소한 걸 가지고." 기사가 말했다. 마치 뼈 두세 개쯤 부러지는 건 신경도 쓰지 않는다는 투였다. "승마에서 가장 중요한 기술은, 내가 말하고 있었던 것처럼, 균형을 적절하게 맞추는 거야. 이렇게 말이지⋯."

그가 잡고 있던 고삐를 놓고, 앨리스에게 무슨 말인지 시범을 보이기 위해 두 팔을 쭉 펼치다가 뒤로 자빠지며 말발굽 바로 아래로 철퍼덕 떨어지고 말았다.

"충분히 연습했어!" 앨리스가 일으켜주는 내내 그가 중얼거렸다. "충분히 연습했다고!"

"말도 안 돼요!" 이번에는 앨리스도 인내심을 모두 잃고 소리를 지르고 말았다. "바퀴 달린 목마를 타는 게 좋겠어요, 그게 좋겠다고요!"

"그건 부드럽게 움직이니?" 이번에는 다시 떨어지지 않으려고 두 팔로 말의 목을 껴안고서, 기사가 굉장히 관심 있는 투로 물었다.

"살아 있는 말보다야 훨씬 부드럽죠." 참아보려고 최선을 다했지만, 앨리스는 결국 피식 웃음이 터지고 말았다.

"한 마리 장만해야겠네." 기사가 곰곰이 생각하며 중얼거렸다. "한 마리나 두 마리… 여러 마리쯤."

그리고 잠시 침묵이 이어지다가 기사가 다시 입을 열었다. "나는 발명에 대단한 재주가 있어. 네가 마지막으로 나를 들어 올릴 때, 내가 아주 깊은 생각에 잠겨 있었다는 걸 눈치챘었니?"

"좀 심각한 얼굴이셨죠."

"그러니까, 바로 그 순간 내가 정문을 넘어가는 새로운 방법을 발명하고 있었던 거야…. 들어볼래?"

"정말 대단히 듣고 싶어요." 앨리스가 정중하게 말했다.

"어떻게 생각해냈는지 알려주지. 그러니까, 난 이렇게 혼잣말을 했어. '유일한 문제점은 발이다. 머리는 이미 충분히 높은 곳에 있으니까'라고. 자, 우선 머리를 입구 꼭대기 위에 올려둔 다음, 물구나무를 서는 거야…. 그러면 발도 높이 올라가니까… 그때 정문을 넘는 거지."

"알겠어요. 그렇게 하면 정문 너머에 있겠네요." 앨리스가 곰곰이 생각했다. "하지만 좀 어려울 것 같지 않나요?"

"아직 시도해본 적은 없어." 기사가 진지하게 말했다. "그래서 확실하게 말해줄 수가 없구나…. 하지만 내 생각에도 좀 어려울 것 같기는 하네."

기사가 그 생각으로 굉장히 골치가 아픈 것 같아 보이자, 앨리스는 서둘러서 화제를 바꿨다.

"정말 특이한 투구를 쓰고 계시네요!" 앨리스가 쾌활하게 말했다. "그 투구도 직접 발명하신 건가요?"

기사가 안장에 매달려 있던 투구를 자랑스럽게 내려다보았다. "그렇지. 하지만 이것보다 더 멋진 투구를 발명했어…. 막대 설탕 모양이었지. 내가 그 투구를 쓰고 다닐 때는 말이야, 말에서 떨어지면 그 투구가 늘 바닥에 먼저 닿았어. 그래서 내가 떨어질 일이 거의 없었지…. 하지만 투구 속으로 빠질 위험이 있었어, 분명히. 그런 일이 한 번 있었는데, 제일 큰 문제가 뭐였냐면, 내가 투구 밖으로 나오기 전에 다른 하얀 기사가 그 투구를 써버린 거였어. 자기 투구인줄 알고 말이지."

그 이야기를 하는 기사가 굉장히 엄숙하게 보여서 앨리스는 감히 웃을 수가 없었다.

"그 기사가 다쳤겠네요." 앨리스가 떨리는 목소리로 말했다. "기사님이 그의 머리 위에 있었을 테니까."

"난 발로 그를 차야 했었지, 당연히." 기사가 말했다, 너무나 심각하게. "그랬더니 그가 투구를 다시 벗더군…. 하지만 나를 투구 밖으로 꺼내기까지 몇 시간이나 걸렸지. 내가 워낙 빨랐으니까…. 번개처럼 말이야."

"하지만 그건 다른 의미잖아요." 앨리스가 반박했다.♦

기사가 고개를 저었다. "분명하게 말해두는데, 둘 다야!" 그는 이 말을 하면서 흥분한 듯 두 손을 높이 들더니, 순식간에 안장 밖으로 나와, 깊은 도랑 속에 거꾸로 곤두박질치

♦ 하얀 기사는 fast를 '빠른'이라는 의미로, 앨리스는 '단단히 고정된'이라는 의미로 사용하는 상황이다.

고 말았다.

앨리스가 그를 꺼내주려고 도랑 옆으로 달려갔다. 기사가 한동안 안장 위에서 꽤 잘 버티고 있었기 때문에 앨리스가 더 놀라기도 했거니와, 이번에는 기사가 정말로 다쳤을까 봐 걱정이 되기도 했다. 비록 보이는 거라곤 그의 신발 밑창뿐이었지만, 평상시와 같은 그의 목소리를 듣고 앨리스는 마음을 놓았다.

"둘 다였다고." 그가 다시 말했다. "하지만 다른 사람의 투구를… 그것도 그 투구 안에 주인이 있는 채로 쓰다니, 너무나 경솔했어."

"머리를 거꾸로 두고도 어떻게 그렇게 차분하게 이야기를 하실 수가 있어요?" 그의 발을 잡아끌어서 도랑가에 눕히면서 앨리스가 물었다.

그 질문을 들은 기사가 놀라는 눈치였다. "몸이 어디에 있는지가 무슨 상관이지?" 그가 물었다. "정신이 똑같이 깨어 움직이고 있는데 말이야. 사실 말이지, 머리를 숙일수록 새로운 것들이 더 많이 떠오른단다."

그가 잠시 멈췄다가 다시 입을 열었다. "자, 내가 발명한 물건들 중에 가장 기발한 물건은 말이지. 코스 요리를 먹는 도중에 먹는 새로운 디저트였어."

"다음 메뉴로 딱 맞춰서 만드는 디저트 말인가요?" 앨리스가 말했다.

"음, 다음 메뉴용이 아니야." 차분하고 사려 깊은 말투였다. "아니지. 다음 메뉴는 절대 아니야."

"그럼 다음 날 식사를 위한 거겠네요. 한 식사에 디저트를 두 번 먹지는 않잖아요?"

"그게, 다음 날 식사도 아니야." 기사가 이전과 똑같이 말했다. "다음 날은 아니지. 사실은 말이다." 고개를 숙인 채로 이야기를 이어가는 기사의 목소리가 점점 낮아지고 있었다. "디저트는 한 번도 만들어진 적이 없었어! 사실, 난 디저트가 만들어질 거라고 믿지도 않고! 그래도 그 디저트는 정말로 기발한 발명이었어."

"그 디저트를 무엇으로 만들 계획이셨어요?" 기사의 기운을 북돋워주고 싶어서 앨리스가 물었다. 딱한 기사가 아주 상심한 것 같아 보여서.

"처음엔 압지를 깔아." 기사가 끙끙대며 대답했다.

"아주 맛있지는 않겠네요…."

"압지 하나만 가지고 맛있을 수가 있나." 기사가 꽤 열정적으로 앨리스의 말을 가로막았다. "하지만 화약과 봉랍 같은 다른 재료들이 섞이면 어떻게 변하는지 넌 상상도 못 할 거다. 난 이제 여기서 너와 헤어져야겠구나."

그들은 숲의 끝에 도착해 있었다.

앨리스는 어리둥절한 표정이었다. 디저트 생각을 하고 있던 중이었으니까.

"속상한가 보네." 기사가 걱정스런 투로 말했다. "너를 달래줄 노래를 불러주마."

"긴 노래인가요?" 앨리스가 물었다. 그날 워낙 많은 시를 들은 터라.

"길지. 하지만 아주, 아주 아름다운 노래야. 내가 이 노래를 부르는 걸 들으면 모두가… 눈에 눈물이 가득하거나, 혹은…."

"혹은 뭐요?" 기사가 갑자기 말을 멈춰버리자 앨리스가 물었다.

"혹은 눈물을 흘리지 않거나지, 뭐. 이 노래의 제목은 〈대구의 눈동자〉라고 불러."

"아, 노래 제목이요?" 관심을 가져보려고 앨리스가 물었다.

"아니, 이해를 못하는구나." 기사가 살짝 짜증난 표정으로 말했다. "그건 제목이 그렇게 불린다는 거고, 진짜 제목은 〈연로한, 연로한 자〉란다."

"그럼 '사람들이 이 노래를 그렇게 부르나요?'라고 말했어야 했네요." 앨리스가 스스로 실수를 고쳤다.

"아니, 그럼 안 돼. 그건 전혀 다른 이야기야! 이 노래는 〈수단과 방법〉이라고 불리니까. 하지만 그것도 그냥 그렇게 불릴 뿐이야!"

"그럼 이 노래는 뭔데요?" 이제 완전히 혼란스런 상태로, 앨리스가 물었다.

"말해주려던 참이다. 이 노래는 〈정문 위에 앉아서〉야. 곡조는 내가 직접 만들었고."

그렇게 말하면서, 기사가 말을 세우고 고삐를 말의 목 위에 늘어뜨린 다음, 마치 자신의 노래를 즐기듯이 한 손으로 천천히 박자를 맞추고, 온화하면서도 멋쩍은 얼굴 위로 희미한 미소를 띤 채, 그가 노래를 시작했다.

앨리스가 거울 나라를 통과하는 여정 중에 신기한 일들을 많이 겪었지만, 늘 가장 또렷하게 기억하던 건 바로 이 장면이었다. 시간이 지나도 마치 어제 일처럼 그 장면을 온전하게 떠올릴 수 있었다…. 기사의 온화하고 푸른 눈동자와 다정한 미소… 그의 머리 사이로 빛나던 석양빛, 그리고 갑옷에 반사되어 앨리스를 황홀하게 하던 그 영롱함…. 고삐를 느슨하게 늘어트린 채, 발밑에 난 풀을 뜯으며 조용히 돌아다니던 말… 그리고 그 뒤로 보이던 숲의 검은 그림자까지, 앨리스는 나무에 기대서 한 손으로 눈 위에 그늘을 만든 채, 이 모든 것을 마치 사진을 찍듯 눈에 담고, 그 기사와 말의 어울리지 않는 조합을 바라보면서, 반쯤 꿈을 꾸듯, 그 노래의 구슬픈 메아리에 귀를 기울였다.

"저 곡조는 기사가 만든 게 아닌데." 앨리스가 중얼거렸다. "저건 〈그대에게 모두 드리리, 남은 것 없이〉잖아." 앨리스가 자리에서 일어서서 아주 집중해서 들었지만, 눈물이 고이지는 않았다.

나 그대에게 모두 말하리
할 말은 거의 없지만.
나 정문 위에 앉은
연로한, 연로한 자를 보았네.
"당신은 누구요? 연로한 자여.
어떻게 살고 있소?" 나는 물었네.
그의 대답이 체를 스치는 물줄기처럼
고스란히 내 머릿속으로 스며들었네.

"나는 밀밭 사이에 잠들어 있는
나비들을 찾아다니지.
양고기 파이 속에 넣고 구워
거리에서 팔고,
폭풍이 몰아치는 바다를 항해하는
사람들에게도 팔고.
난 그렇게 산다네.
하찮은 일이지, 말도 안 되게."

하지만 나는 계획을 하고 있었지,

수염을 초록으로 물들이고,

아무도 보이지 않도록

언제나 커다란 부채를 사용하겠다고.

그래서, 그 노인의 말에

아무런 대답도 하지 않고,

"어떻게 사는지 말하시오!"라고 소리치고

머리를 세게 쥐어박았네.

온화한 말투로 시작하는 그의 이야기.

"길을 가다가,

실개천을 발견하면,

나는 그곳에 불을 피워둔다네.

그러면 그곳에서 사람들이

롤랜즈의 마사카 기름이라는 걸 만들지….

하지만 내 고생의 대가는

그들에게서 받는 2펜스 반 페니가 전부야."

하지만 내가 생각하고 있었던 것은
빵 반죽으로 먹고사는 방법.
매일매일 빵 반죽을 먹으며
조금씩 살을 찌우는 것이었지.
나는 그가 새파랗게 질릴 때까지
그를 마구 흔들어대며 소리쳤네.
"어서, 어떻게 먹고 사는지 말을 하시오!
하는 일이 무엇인지도!"

"나는 환하게 핀 야생화 사이에서
대구의 눈동자를 찾아다닌다네.
고요한 밤이 되면
그걸로 조끼의 단추를 만들지.
단추로 금이 생기거나
반짝거리는 은화가 생기지는 않아.
그저 아홉 개를 팔아
구리 반 페니가 생길 뿐이네.

가끔은 버터 바른 빵을 찾아 땅을 파고,
게를 잡으려고 끈끈이 가지로 덫을 놓고.
때론 이륜마차의 바퀴를 찾아
풀숲 우거진 언덕을 찾아다니며.
그렇게 산다네. (그가 윙크를 했다.)
내가 부를 얻게 되는 날…
자네의 강건한 건강을 위해
기꺼이 잔을 들겠네."

그때는 그의 말을 들었지.
메나이 현수교가 부식되지 않도록
포도주에 넣고 끓이는 계획을
모두 세운 후였으니.
나는 그에게 감사를 전했네.
돈을 모으는 방법을 알려주기도 했지만,
나의 강건한 건강을 위해
잔을 들어주겠다 했으니.

이제 나는, 혹시라도
손가락을 아교 속에 넣거나
멍청하게 오른발을
왼쪽 신에 구겨 넣거나
아주 무거운 물건을
발가락 위에 떨어트리면,
눈물을 흘리지.
내가 만났던 그 노인이 떠올라서….

온화한 표정, 느린 말투,

눈보다 흰 머리칼,

까마귀를 똑 닮은 얼굴,

잿불처럼 환하게 빛나는 눈동자,

자신의 비애로 마음이 어지럽고,

몸을 앞뒤로 흔들고,

입 속에 밀가루 반죽을 가득 머금은 듯

웅얼거리며 낮게 중얼거리고,

물소처럼 코를 골던…

아주 오래전, 그 여름밤,

징문 위에 앉아 있던 그 노인.

마지막 소절을 부르면서, 기사가 고삐를 잡고 그들이 왔던 길을 향해 말머리를 돌렸다.

"이제 몇 미터만 가면 된다." 그가 말했다. "언덕을 내려가서 작은 개울을 건너면, 넌 여왕이 되는 거야…. 그런데 말이야, 그 전에 여기서 내가 가는 걸 봐주겠니?" 그가 가리키는 방향을 간절하게 바라보던 앨리스에게 기사가 말했다.

"한참 걸리지는 않을 거야. 기다렸다가 내가 저 길 모퉁이를 돌 때 내게 손수건을 흔들어줄래? 그러면 힘이 날 것 같아서 말이야."

"당연히 기다려드리죠." 앨리스가 말했다. "이렇게 먼 곳까지 데려다주셔서 너무너무 감사합니다…. 그리고 그 노래도요… 너무너무 좋았어요."

"그랬구나." 기사가 믿을 수 없다는 듯이 말했다. "하지만 넌 내 생각만큼 많이 울지는 않던데."

그렇게 두 사람이 악수를 나눈 다음, 기사가 서서히 숲속으로 멀어져갔다.

"그를 배웅하는 시간이 오래 걸리진 않겠지." 기사를 바라보며 앨리스가 혼잣말을 했다. "또 저런다! 역시나 머리부터 떨어지네! 그래도, 이젠 꽤 쉽게 다시 올라가네…. 말 주위에 온갖 물건들을 저리 많이 매달고서 말이야…." 기사를 태운 말이 길을 따라 한가롭게 걸어가고, 기사가 한쪽으로, 그리고 또 다른 쪽으로 떨어지는 모습을 바라보며, 앨리스는 그렇게 중얼거렸다. 기사는 네다섯 번쯤 떨어지고 나서야 길모퉁이에 다다랐고, 앨리스는 그를 향해 손수건을 흔들며 시야에서 사라질 때까지 기다려주었다.

"손수건을 보고 기사가 힘을 냈으면 좋겠다." 앨리스가 언덕을 내려가기 위해 몸을 돌리며 말했다. "이제 마지막 개울만 건너면, 여왕이 되는 거야! 진짜 너무 멋지다!" 앨리스는 몇 걸음만에 개울가에 닿았다. "드디어 여덟 번째 칸이야!"

개울을 건너뛰며 앨리스가 소리쳤다.

앨리스는 이끼처럼 부드럽고 꽃밭이 군데군데 점처럼 흩어져 있는 잔디밭 위로 몸을 던졌다. "이곳까지 오다니 너무너무 기뻐! 그런데 내 머리 위에 있는 게 뭐지?" 앨리스가 당황한 목소리로 소리치며, 굉장히 묵직하고, 머리에 꼭 맞게 끼워진 뭔가에 두 손을 뻗었다.

"어떻게 내가 모르는 사이에 씌워졌을 수가 있지?" 그 물건을 머리에서 벗겨낸 다음, 무엇인지 살펴보려고 무릎 위에 올려놓으며 앨리스가 중얼거렸다.

금관이었다.

제9장

앨리스 여왕

$$* \quad * \quad * \quad * \quad *$$

$$* \quad * \quad * \quad *$$

"와, 정말 근사하다!" 앨리스가 말했다. "이렇게 금세 여왕이 될 줄은 정말 몰랐는데… 제가 말씀드리지요, 폐하." 앨리스가 엄한 목소리로 말했다(앨리스는 늘 스스로를 꾸짖는 걸 좋아하는 편이었으니까). "이렇게 풀밭에서 뒹굴고 계시면 절대 안 됩니다! 여왕은 위엄이 있어야 하니까요!"

그렇게 자리에서 일어나서 걷기 시작했는데… 처음에는 왕관이 떨어질까봐 조금 뻣뻣한 자세로 걸었다. 하지만 아무도 보는 사람이 없다는 생각에 마음을 편히 먹기로 했다.

"만약에 내가 진짜 여왕이라면 결국 이것도 아주 잘하게 되겠지." 앨리스가 다시 자리에 앉으며 말했다.

모든 일들이 워낙 기이하게 일어나고 있었기 때문에, 앨리스는 양옆에 앉아 있는 붉은 여왕과 하얀 여왕을 보고도 그다지 놀라지 않았다. 어떻게 여기까지 왔는지 두 여왕들에게 물어보고 싶었지만, 정중하지 못한 행동일까 걱정이 되었다. 하지만 게임이 끝났는지 물어보는 것 정도는 별 문제가 되지 않을 거라 생각했다.

"저기, 죄송합니다만….." 앨리스가 붉은 여왕을 향해 조심스럽게 입을 열었다.

"말을 걸어올 때만 말하라!" 여왕은 앨리스의 말을 가차없이 잘랐다.

"그런데 만약 모두가 그 규칙을 지켜야 한다면 말이에요." 늘 약간의 언쟁을 할 준비가 되어 있는 앨리스가 말했다. "그리고 누군가 말을 걸어올 때만 말을 할 수 있고, 상대방 역시 항상 누군가 먼저 말을 걸어오기만을 기다려야 한다면, 그 누구도 영원히 말을 할 수 없게 되잖아요, 그러니까….."

"말도 안 되는 소리!" 그 여왕이 소리쳤다. "아니, 모르겠느냐, 아이야….." 여왕이 말을 하다 말고 얼굴을 찌푸린 채로 잠시 생각을 하더니, 갑자기 화제를 돌렸다. "'만약에 네가 진짜 여왕이라면?'이라니, 대체 그게 무슨 소리냐? 무슨 권리로 너를 그렇게 부르지? 적절한 시험을 통과해야만 여왕이 될 수 있다는 걸 알 텐데. 그 시험은 빨리 시작할수록 좋고."

"전 그저 '만약'이라고만 했을 뿐이었어요!" 앨리스가 애처로운 말투로 변명했다.

두 여왕들이 서로 바라보다가 붉은 여왕이 어깨를 살짝 으쓱하며 말했다. "그저 '만약'이라고 말했을 뿐이라고 하네…."

"그것보다 굉장히 더 많은 말을 했어!" 두 손에 힘을 주며 하얀 여왕이 투덜거렸다. "아, 정말 훨씬 더 많이 했다니까!"

"맞아, 그랬지." 붉은 여왕이 앨리스에게 말했다. "언제나 진실만을 말하라…. 생각한 후에 입을 열라…. 그리고 나중에 기록해두라."

"정말로 그런 뜻이 아니었…." 앨리스가 변명을 하려는 순간, 붉은 여왕이 조급하게 앨리스를 가로막았다.

"내가 지적하는 것이 바로 그거다! 네가 뜻하는 바를 말했어야지! 아이라는 이유로 의미도 없는 말을 하는가? 하물며 농담 하나에도 의미가 있거늘… 아이는 농담보다 훨씬 더 중요한 존재이지 않더냐. 네가 아무리 온 힘을 다해 애를 쓴다 해도 그걸 부인할 수는 없을 거다."

"전 두 손으로 부인하지는 않아요." 앨리스가 반박했다. ♦

"아무도 네가 그랬다고 말하지 않았다." 붉은 여왕이 말했다. "난 네가 애를 써도 소용없다고 말했지."

"지금 저 아이의 상태는 말이지." 하얀 여왕이 말했다. "뭔가를 부인하고 싶은 거야…. 그저 뭘 부인해야 할지 모르는 것뿐이지!"

♦ 'try with both hands'를 여왕은 '온 힘을 다해'라는 의미로, 앨리스는 단어의 뜻 그대로 '두 손으로'라는 의미로 사용한 상황이다.

"고약하고, 악랄한 심보로군." 붉은 여왕이 말했다. 그리고 잠시 어색한 침묵이 이어졌다.

붉은 여왕이 침묵을 깨고 하얀 여왕에게 말했다. "오늘 오후에 앨리스의 저녁 파티에 당신을 초대할게."

하얀 여왕이 희미한 미소를 지으며 말했다. "나도 당신을 초대할게."

"제가 파티를 여는지 전혀 몰랐네요." 앨리스가 말했다. "그런데 만약 저의 파티가 열린다면 손님들은 제가 초대하는 게 맞지 않나요?"

"우리가 그렇게 기회를 주었는데." 붉은 여왕이 말했다. "아직 예절 수업을 많이 받지 못했던 거냐?"

"예절은 수업으로 배우는 게 아니에요." 앨리스가 말했다. "수업에서는 계산 같은 걸 배우는 거죠."

"그러면 넌 덧셈을 할 줄 아니?" 하얀 여왕이 물었다. "하나 더하기 하나 더하기 하나 더하기 하나 더하기 하나 더하기 하나 더하기 하나 더하기 하나 더하기 하나 더하기 하나가 몇이지?"

"모르겠어요." 앨리스가 대답했다. "몇 번 말씀하셨는지 세다가 잊어버려서."

"덧셈은 할 줄 모르는군." 붉은 여왕이 앨리스의 말을 가로막았다. "뺄셈은 할 줄 아느냐? 여덟에서 아홉을 빼봐."

"여덟에서 아홉은 못 빼죠." 앨리스는 서슴없이 대답했다. "하지만…."

"뺄셈도 할 줄 모르네." 하얀 여왕이 말했다. "나눗셈은 할 줄 아니? 빵 한 덩이 나누기 칼… 답은 뭐가 되겠니?"

"아마…."

앨리스가 대답하기 시작했지만, 붉은 여왕이 앨리스 대신 답을 말해버렸다. "당연히 '버터 바른 빵'이지. 뺄셈을 하나 더 해보자. 개 빼기 뼈다귀, 그러면 뭐가 남지?"

앨리스는 곰곰이 생각했다. "뼈다귀는 남아 있지 않겠죠, 당연히, 만약에 제가 그 뼈다귀를 빼앗았다면 말이에요…. 그리고 개도 남아 있지 않을 거예요. 저를 물러 올 테니까…. 그럼 당연히 저도 남아 있지 못하겠죠!"

"그러니까 넌 아무것도 남아 있지 않을 거라 생각한다는 거지?" 붉은 여왕이 물었다.

"그게 답일 것 같아요."

"틀렸다, 역시." 붉은 여왕이 말했다. "개의 성질이 남을 테니까."

"하지만 어떻게….."

"아니, 잘 들어봐!" 붉은 여왕이 소리쳤다. "개가 성질을 내겠지, 그렇지?"

"아마 그렇겠죠." 앨리스가 조심스럽게 대답했다.

"그러니까 개가 떠나고 나면, 그 성질이 남아 있을 게 아니냐!" 여왕이 의기양양하게 외쳤다.

앨리스가 최대한 진지하게 말했다. "개와 개의 성질이 서로 다른 방향으로 갈 수도 있겠죠." 하지만 이렇게 생각할 수밖에 없었다. '이 무슨 형편없는 허튼소리를 떠들고 있는 건지!'

"저 애는 계산을 전혀 못 하는군." 여왕들은 함께 힘주어 말했다.

"여왕님들은 계산을 할 줄 아세요?" 앨리스는 그렇게 심하게 흉잡힌 것이 마음에 들지 않아서 갑자기 하얀 여왕을 향해 물었다. .

하얀 여왕은 말문이 막혀 두 눈을 감았다. "덧셈은 할 수 있지, 시간을 주면… 하지만 뺄셈은 못 해, 어떤 경우에도!"

"당연히 네 이름의 철자법은 알겠지?" 붉은 여왕이 말했다.

"당연히 알죠." 앨리스가 대답했다.

"나도 아는데." 하얀 여왕이 속삭였다. "우리 가끔 함께 철자법을 외워보자. 비밀 하나 알려주자면… 난 한 글자로 된 단어를 읽을 수 있어! 굉장하지 않니? 하지만 기죽을 필요는 없어. 때가 되면 너도 그렇게 될 테니까."

그때 붉은 여왕이 다시 말했다. "실용적인 질문에도 답을 할 수 있니? 빵은 어떻게 만들지?"

"그건 알아요!" 앨리스가 신나게 대답했다. "밀가루를 조금 가져다가…."

"꽃♦을 어디서 꺾어?" 하얀 여왕이 물었다. "정원에서, 아니면 산울타리에서?"

"그건 꺾는 게 아니에요." 앨리스가 말했다. "그건 갈아서…."

"얼마나 많은 땅♦♦을?" 하얀 여왕이 물었다. "너무 많은 걸 없애면 안 되는데."

"저 애의 머리를 좀 식혀줘!" 붉은 여왕이 걱정스럽게 말했다. "생각을 너무 많이 해서 머리에서 열이 날 거야."

그렇게 두 여왕은 나뭇잎 다발로 앨리스에게 부채질을 해주었다. 머리카락을 날려버릴 것 같아서 제발 멈춰달라고 앨리스가 사정을 할 때까지.

"이제 다시 괜찮아졌네." 붉은 여왕이 말했다. "외국어는 좀 아니? 피들-디-디가 프랑스어로 뭐야?"

"피들-디-디는 영어가 아닌데요." 앨리스가 진지하게 대

♦ 밀가루flour와 꽃flower의 발음이 같은 것을 이용한 언어유희다.
♦♦ 가루를 빻다라는 의미의 ground는 땅이라는 뜻도 있다.

답했다.

"누가 그렇대?" 붉은 여왕이 말했다.

이번에는 앨리스도 이 문제를 해결할 길을 찾았다고 생각했다. "제게 '피들-디-디'가 어느 나라 말인지 말해주시면, 저도 프랑스어로 말해볼게요!" 앨리스가 의기양양하게 소리쳤다.

하지만 붉은 여왕은 오히려 몸을 꼿꼿하게 세우고, 이렇게 말했다. "여왕들은 절대 흥정을 하지 않는다."

'여왕들은 절대 질문을 하지 않았으면 좋겠다.' 앨리스가 혼자 생각했다.

"말싸움은 하지 말자." 하얀 여왕이 걱정스런 투로 말했다. "번개가 치는 이유가 뭐지?"

"번개가 치는 이유는요." 앨리스가 아주 분명하게 말했다. 이 질문에 대해서는 아주 확실하게 알고 있었으니까. "천둥 때문이에요… 아니, 그게 아니고!" 앨리스가 황급히 말을 바꿨다. "제 말은 그 반대라고요."

"답을 고치기엔 너무 늦었어." 붉은 여왕이 말했다. "일단 한 번 내뱉은 말은 그걸로 끝이지. 넌 그 결과도 책임져야 해."

"그 말을 들으니 생각이 나는데…." 고개를 숙이고 긴장한 듯 두 손을 쥐었다 폈다 하면서 하얀 여왕이 말했다. "지난 화요일에 엄청난 뇌우가 쏟아졌잖아… 그러니까, 지난주 화요일들 중 하루에 말이야."

앨리스는 이해가 되지 않았다. "우리나라에서는 요일이

한 주에 하나씩밖에 없는데." 앨리스가 말했다.

붉은 여왕이 말했다. "그것 참 딱하고 보잘것없는 방식이구나. 자, 여기에서는 대부분 하루에 적어도 밤이 두 번, 혹은 세 번씩은 있지. 겨울이 되면 밤이 다섯 번이나 오는 날도 종종 있고…. 보온을 위해서 말이다."

"밤이 다섯 번 있는 게 한 번 있는 것보다 따뜻한가요, 그럼?" 앨리스가 조심스럽게 물었다.

"다섯 배 따뜻하지, 당연히."

"그렇지만 다섯 배가 더 춥잖아요, 같은 규칙을 적용하면…."

"정확하구나!" 붉은 여왕이 소리쳤다. "다섯 배 따뜻하고, 다섯 배 춥고… 내가 너보다 다섯 배 부유하고, 다섯 배 더 영리한 것처럼!"

앨리스가 한숨을 쉬며 물러났다. '이건 완전 답이 없는 수수께끼 같네!' 앨리스가 생각했다.

"이건 험프티 덤프티도 봤어." 하얀 여왕은 마치 혼잣말을 하는 것처럼 낮은 목소리로 말했다. "코르크 마개뽑이를 손에 들고 문 앞까지 와서는…."

"왜 왔는데?" 붉은 여왕이 물었다.

"안으로 들어오겠다고 하더라고." 하얀 여왕이 말했다. "하마를 찾고 있다면서. 공교롭게도 집에 그런 게 없었지, 그날 아침엔."

"평소엔 있어요?" 앨리스가 놀란 목소리로 물었다.

"음, 목요일에만." 여왕이 대답했다.

"험프티 덤프티가 왜 왔었는지 전 알아요." 앨리스가 말했다. "물고기를 혼내주려던 거예요. 왜냐하면…."

그때 하얀 여왕이 다시 말했다. "정말 엄청난 뇌우였지, 넌 상상할 수도 없는!"(붉은 여왕은 이렇게 말했다. "저 앤 절대 못 할 거야, 그치?") "지붕 조각이 떨어져나가고, 수도 없이 많은 천둥이 집 안까지 들이닥치고… 엄청난 덩어리가 되어 방 안을 굴러다니면서… 테이블들과 물건들을 쓰러트렸고… 난 너무 겁에 질려서 내 이름도 생각나지 않더라니까!"

앨리스가 생각했다. '나라면 절대로 그런 상황 속에서는 이름을 기억해내려는 시도는 하지도 않을 텐데! 이름을 어디에 써먹으려고?' 물론 이 생각을 입 밖으로 내지는 않았다. 가엾은 여왕의 심기를 불편하게 만들까봐.

"폐하가 이해하길." 붉은 여왕이 하얀 여왕의 손을 잡고 부드럽게 쓰다듬으며, 앨리스에게 말했다. "선한 의도로 그러긴 하는데, 바보 같은 소리를 멈추질 못하지, 대체로."

하얀 여왕이 소심하게 앨리스를 쳐다보았다. 앨리스는 뭔가 다정한 말을 건네야 할 것 같은 기분이 들었지만, 정말 그 순간에는 아무 말도 떠오르지 않았다.

"하얀 여왕은 좋은 환경에서 자란 적이 없는 사람이야." 붉은 여왕이 계속 이어나갔다. "그런데도 얼마나 좋은 심성을 가졌는지 놀라울 정도지! 머리를 쓰다듬어봐. 얼마나 좋아하는지 보게 될 테니!" 하지만 그건 앨리스가 가진 용기로는 할 수 없는 일이었다.

"조금만 친절하게 대해주고… 머리카락을 종이로 말아주면… 그녀에게 놀라운 일이 생길…."

하얀 여왕이 깊은 한숨을 내쉬며 앨리스의 어깨에 머리를 기댔다. "나 너무 졸린데?" 여왕이 투덜거렸다.

"피곤하구나, 딱하기도 하지!" 붉은 여왕이 말했다. "머리를 매만져주고… 너의 취침용 모자도 빌려주고… 잔잔한 자장가도 들려줘."

"전 취침용 모자를 가져오지 않는데요." 앨리스가 첫 번째 지시를 따르려고 애를 쓰면서 말했다. "잔잔한 자장가도 <u>모르고요.</u>"

"그럼 내가 직접 불러야겠군." 붉은 여왕이 자장가를 부르기 시작했다.

"잘 자요, 부인, 앨리스의 무릎 위에서!
축제가 준비될 때까지, 낮잠 잘 시간은 있어요.
축제가 끝나면 우린 무도회에 가겠죠….
붉은 여왕, 하얀 여왕, 앨리스, 모두 다!

"이제 너도 가사를 알겠지." 붉은 여왕이 앨리스의 다른 쪽 어깨에 머리를 기대며 말했다. "내게도 불러다오. 나 역시 졸음이 쏟아지는구나." 곧바로 두 여왕은 깊은 잠에 빠져 큰 소리로 코를 골았다.

첫 번째 둥근 머리가, 그리고 또 다른 머리가 어깨에서 미끄러져 내리더니, 마치 육중한 덩어리처럼 무릎 위로 떨어지자, 크게 당황한 앨리스가 주위를 두리번거리며 소리쳤다. "어쩌면 좋지? 동시에 잠든 두 여왕님들을 돌봐야 했던 사람은 아무도 없었을 거야! 아니, 영국 역사상 한 번도 없었을 거야. 있을 수가 없지. 한 시기에 여왕이 동시에 한 분 이상 있었던 적이 없었으니까. 일어나요, 두 무거운 양반들!" 앨리스가 짜증난 목소리로 말했다. 하지만 아무런 대답 없이 부드럽게 코를 고는 소리만 들려올 뿐이었다.

코고는 소리가 매 순간 점점 또렷해지더니, 무슨 선율처럼 들려왔다. 앨리스는 결국 가사까지도 들을 수 있었다. 너무나 열중해서 듣고 있던 바람에, 그 커다란 머리 두 개가 무릎에서 사라졌을 때도 노랫말을 놓치지 않았다.

앨리스는 커다란 글씨로 '앨리스 여왕'이라고 적혀 있는 아치 모양의 출입구 앞에 서 있었는데, 출입구 양쪽에 초인종 줄이 달려 있었다. 한쪽 줄에는 '방문객용 초인종', 다른 쪽에는 '하인용 초인종'이라고 표시되어 있었다. 이 노래가 끝날 때까지 기다려야지.' 앨리스가 생각했다. '그러고 나서 초인종 줄을 당길래…. 어느 쪽 초인종 줄을 당겨야 하지?' 앨리스는 표지판에 적힌 이름들이 너무나 헷갈렸다. '나는 방문객도 아니고, 하인도 아닌데. '여왕'이라고 표시된 것도 있어야지….'

바로 그때 문이 살짝 열리더니, 기다란 부리를 가진 동물이 잠시 머리를 내밀고, "다다음주까지 출입 엄금!"이라고 말하고는 다시 문을 쾅 닫아버렸다.

앨리스는 한참 동안 문을 두드리고 초인종 줄도 잡아당겼지만 헛수고였고, 결국 나무 아래에 앉아 있던 아주 늙은 개구리가 일어나 다리를 절뚝거리며 천천히 앨리스를 향해 다가왔다. 그 개구리는 밝은 노란색 옷을 입고, 엄청 큰 부츠를 신고 있었다.

"저기, 무슨 일이십니까?" 그 개구리가 굵고 쉰 목소리로 속삭였다.

누구의 잘못인지 찾아낼 생각으로, 앨리스가 뒤로 돌았다. "이 문을 열어주는 일을 맡은 하인이 누구지?" 앨리스가 화를 내며 물었다.

"어떤 문 말씀이신지?" 개구리가 말했다.

 그의 느릿느릿한 말투에 짜증이 난 앨리스는 거의 발을
구를 지경이었다. "이 문이지, 당연히!"

 그 개구리가 그 크고 멍한 눈으로 그 문을 쳐다보았다. 그
러더니 가까이 다가가, 마치 페인트가 묻어나지는 않는지 확
인이라도 하려는 듯이 엄지손가락으로 그 문을 문질렀다. 그

리고 다시 앨리스를 쳐다보았다.

"이 문에 대답을 한다고요?"♦ 그가 말했다. "뭐라고 묻던가요?" 그의 목소리가 너무 거슬려서 앨리스는 거의 알아들을 수가 없었다.

"무슨 말인지 알아들을 수가 없네." 앨리스가 말했다.

"전 우리말을 하고 있는데, 안 그런가요?" 그 개구리가 말했다. "혹시 귀머거리이신지? 문이 뭐라고 물었습니까?"

"아무것도 묻지 않았어!" 앨리스가 짜증스럽게 대답했다. "내가 문을 두드리고 있었던 거라고!"

"그러면 안 되는데… 그러면 안 되지요…." 개구리가 중얼거렸다. "그러면 문이 귀찮아합니다." 그러더니 문 앞으로 다가가 커다란 발로 문을 걸어찼다. "그대로 놔두세요." 개구리가 헐떡거리며, 원래 앉아 있었던 나무 아래로 절뚝거리며 돌아갔다. "그러면 문도 당신을 가만히 놔둘 테니까."

바로 그 순간 문이 활짝 열리더니, 날카로운 목소리로 부르는 노랫소리가 들려왔다.

거울 나라를 향해 앨리스가 말했네.
"내가 손에 여왕의 홀을 쥐고, 머리에 왕관을 썼으니,
거울 나라의 백성들은 누구든지 와서,
붉은 여왕과 하얀 여왕 그리고 나와 함께 만찬을 들라."

♦ 문을 열어주다answer the door라는 의미의 관용구를 글자 그대로 '문에 대답하다'로 이해한 상황이다.

뒤이어 수백 명의 목소리가 한목소리로 합창했다.

서둘러 잔을 채우고,

단추와 곡식들로 테이블을 채우세.

커피에 고양이를, 홍차에 생쥐를 넣고….

앨리스 여왕을 서른 곱하기 세 번 환영하세!

그리고 알 수 없는 환호성이 이어지자, 앨리스가 생각했다. '서른 곱하기 세 번이면 아흔 번이지. 그걸 누가 세고 있는 건가?' 다시 잠깐의 침묵이 이어진 다음, 그 날카로운 목소리가 다음 절을 이어갔다.

앨리스가 말하였네. "오 거울 나라의 백성들이여. 가까이 오라!

나를 보는 것은 영광이고, 내 목소리를 듣는 것은 은혜이며,

붉은 여왕과 하얀 여왕 그리고 나와 함께 식사와 차를 드는 것은

큰 특권일지니!"

그리고 다시 이어지는 합창 소리….

자, 잔을 가득 채우세, 당밀과 잉크로.

혹은 뭐든 마시기 좋은 것들로.

사과 식초에 모래를, 포도주에 양털을 섞고….

앨리스 여왕을 아흔 곱하기 아홉 번 환영하세!

"아흔 곱하기 아홉 번이라니!" 앨리스가 절망한 듯 말했다. "아, 절대 끝나지 않겠구나! 당장 들어가는 게 좋겠어…." 앨리스가 나타난 순간, 쥐 죽은 듯 침묵이 흘렀다.

넓은 홀을 따라 걸어가면서 긴장한 눈빛으로 테이블 위를 훑어보니, 다양한 종류의 손님들이 오십 명쯤 모여 있었다. 동물들도 있었고, 식물들도 있었고, 그 사이에는 심지어 꽃들도 앉아 있었다. '모두들 초대를 받기 위해 기다리지 않고 와주어서 다행이야.' 앨리스가 생각했다. '누구를 초대해야 할지 절대 몰랐을 테니까!'

테이블 머리에는 세 개의 의자가 놓여 있었다. 이미 붉은 여왕과 하얀 여왕이 두 자리를 차지하고 있었고, 가운데 의자가 비어 있었다. 앨리스는 꽤 불편한 침묵 속에서 누군가 입을 떼기를 간절히 바라며 남아 있던 그 의자에 앉았다.

드디어 붉은 여왕이 입을 열었다. "스프와 생선 요리를 놓쳤구나. 구운 고기를 가져오거라!"

그러자 시중드는 자들이 양고기 다리를 앨리스 앞에 차려냈고, 구운 고기를 잘라본 적이 없는 앨리스는 꽤나 긴장한 채로 그 음식을 쳐다보았다.

"겁을 먹은 게로군. 양고기 다리에게 너를 소개해주마." 붉은 여왕이 말했다. "앨리스… 이쪽은 양고기. 양고기… 이쪽은 앨리스." 양고기 다리가 접시에서 일어서서 앨리스에게 살짝 절을 했다. 겁을 먹어야 할지 즐거워해야 할지 몰라, 앨리스도 고개를 숙였다.

"한 조각 드릴까요?" 포크와 나이프를 들고 여왕들을 차례로 바라보며 앨리스가 말했다.

"말도 안 돼." 붉은 여왕이 매우 단호하게 말했다. "소개를 받은 것을 자르는 건 예의가 아니다. 저 구운 고기를 치워라!" 그러자 시중드는 자들이 양고기 다리를 치우고, 그 자리에 커다란 건포도 푸딩을 가져다놓았다.

"푸딩은 소개받지 않을래요, 제발." 앨리스가 급하게 말했다. "안 그러면 저녁 식사로 아무것도 못 먹게 될 테니까. 조금 드릴까요?"

하지만 붉은 여왕은 떨떠름한 표정으로, 투덜대듯 말했다. "푸딩, 이쪽은 앨리스, 앨리스, 이쪽은 푸딩. 푸딩을 치워라!" 시중드는 자들이 너무나 빠르게 푸딩을 가져가는 바람에 앨리스는 인사도 제대로 하지 못했다.

하지만 왜 붉은 여왕이 명령을 내리는 유일한 존재가 되어야 하는지 이해할 수가 없었던 앨리스가 시험 삼아 "여봐라! 푸딩을 다시 가져오너라!"라고 소리쳤더니, 마치 마술처럼 곧바로 푸딩이 그 자리에 다시 놓이는 것이 아닌가. 푸딩이 너무나 커서 양고기를 받았을 때처럼 주춤했다. 하지만 앨리스는 엄청난 노력으로 두려움을 극복하고, 한 조각 잘라서 붉은 여왕에게 건네주었다.

"이렇게 무례할 수가!" 푸딩이 말했다. "내가 너를 한 조각 잘라낸다면 기분이 어떻겠느냐, 이 녀석아!"

푸딩이 굵고 느끼한 목소리로 말하자, 앨리스는 뭐라 대답할 말이 없었다. 그저 가만히 앉아 푸딩을 보며 간신히 숨만 쉬고 있을 뿐이었다.

"한마디 하거라." 붉은 여왕이 말했다. "푸딩에게만 모든 대화를 맡기는 건 말도 안 되는 일이니까!"

"아시다시피, 제가 오늘 하루 너무 많은 시를 들었는데요." 입을 열자마자 쥐죽은 듯한 정적이 흐르고 모두의 눈동자가 자신에게 쏠리는 것을 본 앨리스는 조금 두려운 마음으로 이야기를 하기 시작했다. "아주 특이하다고 생각하는 게 뭐냐면… 모든 시가 어떻게든 물고기와 연관되어 있다는 거였어요. 여기서는 모두들 왜 그렇게 물고기를 좋아하는지 아세요?"

앨리스가 붉은 여왕에게 물었는데, 그녀는 질문과는 다소 동떨어진 대답을 해주었다. "물고기에 관한 거라면 말이지." 붉은 여왕은 앨리스의 귀에 가까이 입을 가져다대고 아주 천천히, 그리고 진지하게 말했다. "하얀 여왕 폐하께서 물고기에 대한 시에 담긴 멋진 수수께끼를 모두 알고 계신다. 하얀 여왕이 낭송해주시려나?"

"붉은 여왕 폐하께서 그렇게 말씀해주시다니 정말 친절도 하시지." 하얀 여왕이 마치 구구거리는 비둘기 같은 목소리로 앨리스의 귀에 대고 중얼거렸다. "대단한 영광이 되겠구나! 내가 낭송해도 되겠니?"

"부탁드립니다." 앨리스가 매우 정중하게 말했다.

하얀 여왕이 밝게 웃으며 앨리스의 뺨을 쓰다듬었다. 그러고 나서 시를 낭송하기 시작했다.

"우선, 물고기를 잡아야 한다."
쉬운 일이죠. 갓난아기도 물고기를 잡을 수 있을 테니까.
"그다음, 물고기를 사야 한다."
쉬운 일이죠. 일 페니면 물고기를 살 수 있을 테니까.

"이제 그 물고기로 요리해다오!"

쉬운 일이죠. 일 분도 걸리지 않을 테니까.

"접시 위에 담아다오!"

쉬운 일이죠. 이미 접시 위에 있으니까.

"이리 가져 오너라! 맛을 보자꾸나!"

쉬운 일이죠, 접시를 테이블 위에 차리는 건.

"접시 덮개를 벗겨라!"

아, 그건 어려운 일이라 할 수가 없어요!

왜냐하면 풀로 붙인 듯 붙어 있어서….

덮개가 접시 한 가운데 놓인 채로 붙어 있거든요.

생선 요리 덮개를 벗기는 일과 수수께끼 덮개를 여는 일,

어느 쪽이 더 쉬울까요?

"잠시 생각해본 다음, 답을 맞춰봐." 붉은 여왕이 말했다.
"그동안, 우리는 너의 건강을 위해 건배를 할 테니… 앨리스
여왕의 건강을 위하여!"

붉은 여왕이 가장 높은 목소리로 소리치자, 모든 손님들
이 곧장 마시기 시작했는데, 마시는 방법이 아주 괴상했다.
촛불 끄는 도구처럼 머리 위에 술잔을 엎어놓고 마시거나…
포도주 병을 엎어놓고 테이블 가장자리로 흘러내리는 포도
주를 받아 마시기도 했고… 그들 중 세 명은(캥거루들처럼
보이는 손님들이었는데) 구운 양고기 접시 위에 기어 올라

가서 소스를 열심히 핥아먹기도 했다.

'여물통에 빠진 돼지들 같네.' 앨리스는 이렇게 생각했다.

"훌륭한 연설로 감사를 전해야지." 앨리스를 향해 얼굴을 찌푸리며 붉은 여왕이 말했다.

앨리스가 매우 고분고분하게, 그렇지만 약간 겁을 먹은 채로 인사를 하기 위해 일어서자, 하얀 여왕이 이렇게 속삭였다. "우리가 도와줄게."

"정말 감사합니다." 앨리스도 속삭이며 대답했다. "하지만 도움 없이도 잘할 수 있어요."

"절대 그렇게 되지는 않을 거다." 붉은 여왕이 아주 단호하게 말했다. 그래서 앨리스는 그들의 도움을 기꺼이 받아들여보았다.

("그러면서 나를 밀더라고!" 나중에 그 파티에 대해 언니에게 들려주면서, 앨리스는 이렇게 말했다. "여왕들이 나를 납작하게 만들려나 보다고 생각했을 정도였다니까!")

앨리스는 사실 연설을 하면서 자리를 지키는 것도 굉장히 힘들었다. 두 여왕들이 어찌나 앨리스를 각 방향으로 밀어대던지 앨리스의 몸이 공중에 붕 뜰 정도였다.

"저는 감사함을 전하고자 이 자리에 섰습니다…."

앨리스가 연설을 시작했다. 이렇게 말하는 동안 정말로 몸이 몇 인치쯤 위로 떠올랐는데, 앨리스가 테이블 가장자리를 붙잡고 겨우겨우 아래로 몸을 끌어내렸다.

"조심해!" 앨리스의 머리카락을 두 손으로 잡으며 하얀 여왕이 소리쳤다. "무슨 일이 생기겠어!"

그리고 그때(앨리스가 나중에 설명하기를) 모든 종류의 일들이 동시에 벌어지고 말았다. 모든 촛불들이 천장까지 솟구쳐서 마치 폭죽을 끝에 매달아놓은 골풀 밭처럼 보였고, 포도주 병들은 접시들을 가져다가 날개처럼 몸에 급히 붙이고, 포크를 다리처럼 붙인 다음, 온 사방으로 파닥거리며 날아다녔다. 앨리스는 끔찍한 난리법석이 시작되는 와중에도 이렇게 생각했다. '진짜 새들처럼 보이네.'

그때 옆에서 쉰 소리로 웃는 소리가 나자, 앨리스는 하얀 여왕에게 무슨 일이 생겼는지 확인하려고 고개를 돌렸다. 그런데 여왕이 있어야 할 의자 위에, 양고기 다리가 있는 것이 아닌가. "나 여기 있어!" 스프 그릇에서 들려오는 소리에 앨리스가 다시 고개를 돌린 순간, 스프 그릇 가장자리 너머로 넓고 온화한 여왕의 얼굴이 잠시 앨리스를 향해 미소를 짓다가 스프 속으로 사라져버렸다.

우물쭈물할 시간이 없었다. 이미 몇몇 손님들은 접시 위에 누워 있었고, 스프 국자는 앨리스를 향해 테이블 위로 걸어오면서 앨리스에게 길을 비키라고 조급하게 손짓하고 있는 중이었으니까.

"더 이상은 못 참아!" 앨리스가 벌떡 일어서서 테이블보를 두 손으로 움켜쥐고 세게 잡아당겨버렸다.

접시들, 식기들, 손님들,
그리고 양초들이 서로
부딪치며 한꺼번에 바닥
으로 우당탕 떨어졌다.

"그리고 당신."

이 모든 사태의 원인이 붉은 여왕이라고 생각한 앨리스는 그녀를 험악하게 노려보았다…. 하지만 이제 여왕은 더 이상 앨리스 곁에 없었다…. 순식간에 작은 인형 크기로 줄어들어, 테이블 위에서, 등 뒤에 질질 끌리는 숄을 쫓아 신나게 빙글빙글 돌고 있었으니까.

다른 때 같았으면 이 모습을 보고 앨리스가 놀랐겠지만, 지금은 그 어떤 것에도 놀라지 않을 만큼 흥분한 상태였다.

"당신 말이야."

방금 전까지 테이블 위에서 반짝거리던 포도주 병을 정신없이 넘어 다니던 그 작은 여왕을 잡고 다시 말했다.

"마구 흔들어서 새끼 고양이로 만들어주겠어, 내가 반드시!"

제10장
흔들기

앨리스는 그렇게 말하면서 붉은 여왕을 테이블에서 들어 올리고, 온 힘을 다해 앞뒤로 흔들었다.

붉은 여왕은 아무런 저항도 하지 않았다. 그저 얼굴이 아주 작아지고, 두 눈이 크고 초록빛으로 변해갔을 뿐. 그래도 앨리스는 계속해서 붉은 여왕을 흔들었고, 그렇게 그녀는 점점 짧아지고⋯ 통통해지고⋯ 부드러워지고⋯ 동그래지고⋯ 그리고⋯.

제11장
꿈에서 깨어나기

···정말로 새끼 고양이가 되었다, 결국.

제12장

누가 꾼 꿈이었을까?

"폐하가 그렇게 시끄럽게 가르랑거리면 안 돼요." 앨리스가 두 눈을 비비며 새끼 고양이를 향해 정중하게, 하지만 단호하게 말했다. "아! 네가 깨워버렸구나, 그렇게 멋진 꿈을! 너도 계속 나와 함께 있었잖아, 키티… 거울 나라에서 내내. 알고 있었지?"

새끼 고양이들에게는 아주 곤란한 버릇이 있는데(앨리스가 전에도 말했던 것처럼), 무슨 말을 건네든 언제나 가르랑거린다는 것이었다.

"고양이들이 '예'일 때만 가르랑거리고, '아니요'일 때는 야옹거리는, 뭐 그런 규칙이라도 있으면 좋을 텐데." 앨리스가 말했다. "그러면 계속 대화를 이어갈 수 있으니까! 매번 같은 대답을 하는 상대와 어떻게 이야기를 해야 하는 거지?"

이번에도 새끼 고양이는 그저 가르랑거릴 뿐이었다. '예'인지 '아니요'인지 그 의미를 도통 알 수가 없었다.

그래서 앨리스가 테이블 위에 놓여 있던 체스 말들 사이에서 붉은 여왕을 찾은 다음, 벽난로 앞 양탄자 위에 무릎을 꿇고 앉아, 새끼 고양이가 붉은 여왕과 서로 마주보도록 세워두었다.

"자, 키티!" 앨리스가 의기양양하게 손뼉을 치며 소리쳤다. "네가 변신했었던 것이 이 붉은 여왕이었다고 인정해!"

("키티가 붉은 여왕을 쳐다보려고 하지도 않았어." 나중에 언니에게 설명해주면서, 앨리스가 이렇게 말했다. "고개를 돌리고, 못 본 척을 하더라니까. 하지만 약간 부끄러워하는 것 같더라. 그래서 난 분명히 키티가 붉은 여왕이었다고 생각해.")

"조금 더 꼿꼿하게 등을 세우고 앉아야지!" 앨리스가 즐겁게 웃으며 외쳤다. "무슨 말을 할지… 무엇을 가르랑거릴지 생각하는 동안 절을 해. 시간을 벌 수 있으니까, 기억해!" 그리고 번쩍 들어 올려 가볍게 입을 맞추었다. "그냥 붉은 여왕이었던 것에 경의를 표하려고."

"스노드롭, 내 고양이!" 아직도 몸단장중인 하얀 새끼 고양이를 어깨 너머로 바라보며 앨리스가 말했다. "다이너가 우리 하얀 여왕님을 언제 끝내주려나? 이래서 네가 내 꿈속에서 그렇게 단정치 못했던 거구나…. 다이너! 지금 네가 하얀 여왕님을 문질러 씻기고 있는 중이라는 걸 알고나 있니?
정말, 너무나 무례하구나!"

"그러면 다이너는 누구였을까?" 앨리스가 편하게 바닥에 누워 팔꿈치를 양탄자 위에 대고 한 손으로 턱을 괸 채로 새끼 고양이들을 바라보며 계속 재잘거렸다. "말해봐, 다이너. 네가 험프티 덤프티였니? 그랬던 것 같은데…. 하지만 아직 네 친구들에게는 말하지 않는 게 좋겠어. 확실하지 않으니까.

그런데 말이야, 키티, 정말 네가 내 꿈에서 나와 함께 있었다면, 네가 정말 좋아했을 게 하나 있어…. 내가 엄청 많은 시들을 들었는데, 모두 물고기에 관한 거였거든! 내일 아침에 네게 진짜 맛있는 걸 줄게. 네가 아침을 먹는 동안, 〈바다 코끼리와 목수〉도 들려주고. 그러면 간식이 굴이라고 믿을 수도 있어!

자, 키티, 이 꿈을 꾼 사람이 누구였을지 생각해보자. 이건 중요한 문제야, 키티, 그러니까 그렇게 발이나 핥고 있으면 안 되지…. 마치 오늘 아침에 다이너가 씻겨주지 않았다는 듯이 말이야! 있잖아, 키티, 이건 분명 나 아니면 붉은 왕의 꿈이었을 거야. 물론, 붉은 왕도 내 꿈에 나왔었지…. 하지만 나도 그의 꿈에 나왔는데! 붉은 왕의 꿈이었을까, 키티? 넌 그의 아내였으니까, 알고 있어야 하잖아…. 아, 키티, 좀 도와줘! 발은 나중에 핥아도 되잖아!"

하지만 얄미운 새끼 고양이는 앨리스의 질문이 들리지 않는 척을 하며 다른 발을 핥기 시작했다.

여러분은 누구의 꿈이었다고 생각하나요?

화창한 하늘 아래,
꿈꾸듯 떠가는 보트 한 척
7월의 어느 저녁에….

가까이 모여 앉은 세 명의 아이들,
반짝거리는 눈으로 귀를 쫑긋 세우고,
수수한 이야기에 즐거워하네….

화창하던 하늘은 어슴푸레해진 지 오래.
메아리들도 희미해지고 기억들도 사라져가며
가을 서리가 7월을 앗아갔지만.

아직도 그녀는 내게 머물러, 유령과도 같이,
하늘 아래 움직이는 앨리스는
깨어 있는 눈에는 절대 볼 수가 없어.

아이들은 아직도, 이야기를 들으려
반짝이는 눈으로 귀를 쫑긋 세우고,
사랑스럽게 주변에 모여 있구나.

이상한 나라에 누워
날이 가도록 꿈을 꾸고
여름이 다 가도록 꿈을 꾸면서.

흐르는 물결 따라 흘러가고…
황금빛 햇살 아래 서성대는…
인생, 한낱 꿈이 아니면 무엇이리?

* * * * * * * * * * * *

* * * * * * * * * * * *

작품 해설

《거울 나라의 앨리스》: 앨리스의 성장과 사랑에 대한 탐색

– 양윤정(영문학 박사, 건국대학교 교수)

* * * * * * * * * * * * *

앨리스의 성장과 사랑에 대한 탐색

《거울 나라의 앨리스》는 앨리스가 '동화로 건네는 사랑의 선물'(4쪽)을 반기는 서시로 시작하여 사랑에 대하여 많은 것을 기대하게 한다. 그러나 이야기를 들려주던 여름날은 이미 지나갔고 루이스 캐럴의 '한숨의 그림자'(6쪽)가 보인다. 이와 함께 제1장 이전에 나오는 속표지 그림은 캐럴을 희화한 늙은 하얀 기사와 어린 앨리스를 그린 존 테니얼의 그림이다. 하얀 기사와 마찬가지로 캐럴도 덥수룩한 머리에 푸른 눈, 친절하고 온화한 얼굴이었으나 콧수염은 없었다.

《거울 나라의 앨리스》에서 하얀 기사는 앨리스를 사랑하지만 그녀가 성장하여 여왕이 되고자 하기 때문에 그녀를 떠나보내야 한다. 캐럴은《거울 나라의 앨리스》에서 자신과 앨리스와의 관계를 자유롭게 변화하고 성장하는 어린 앨리스와 그녀를 사랑하지만 무력하고 구속되어 있고 좌절하는 노인 하얀 기사로 극화하여 사랑에 대한 탐색을 시도한다.

《거울 나라의 앨리스》에서 캐럴의 사랑에 대한 탐색은 성장하는 앨리스와 그녀를 사랑하는 노년의 하얀 기사로 구체화되어 산업화된 자본주의 도래와 함께 옛 가치의 상실에 대한 슬픔이라는 모티프를 사랑에 대한 탐색으로 발전시킨다. 《거울 나라의 앨리스》는 빅토리아 시대에 영국이 더욱 풍요로워지고 낭비적이고 진보에 대하여 열광적이던 때에 쓰였다. 그러나 《거울 나라의 앨리스》는 《이상한 나라의 앨리스》로 부터 7년 후의 작품이고, 이러한 세월의 흐름은 캐럴로 하여금 훨씬 더 부드럽고 신중한 표현을 하도록 하였다. 《이상한 나라의 앨리스》는 젊은 캐럴이 자신의 마음을 어린이 주인공과 함께 어디인지도 전혀 모르면서 지하 세계로 뛰어들도록 한 자유롭고 재미있는 상상력으로 만들어진 작품이다. 《거울 나라의 앨리스》역시 표면상 자유롭고 막연한 꿈 구성과 꿈 상징이 사용되지만, 이 작품은 작가의 지성과 강한 의지의 산물에 더욱 가깝다.

거울 나라에서 앨리스의 모험은 더욱 성숙한 꿈으로 구성되어 있다. 앨리스는 이상한 나라에서 모험을 했기 때문에 자아와 게임의 규칙을 어느 정도는 알고 있는 일곱 살 반의 성장한 여주인공이다. 《이상한 나라의 앨리스》에서 앨리스를 돌보는 것은 그녀의 언니지만, 《거울 나라의 앨리스》에서 앨리스는 다이너의 갓 태어난 아기고양이의 어머니 역할을 흉내낸다.《거울 나라의 앨리스》의 시작 부분에서 앨리스가 가장 좋아하는 말은 '상상해보자'이다. 이 말은 앨리스의 상상 속에서 많은 일들이 일어난다는 것을 암시한다. 그녀는 파괴적인 힘을 다룰 수 있으며 위협적이고 무질서한 등장인물에게 침착한 지배력을 보여주는 현명한 여주인공으로 행동한다. 앨리스는 성인, 즉 독립적인 여왕이 되기 위하여 앞으로 달려간다.

앨리스가 여덟 번째 칸으로 가는 과정을 보여주기 위하여 거울과 체스 게임 규칙에 정성스럽게 의존한다.《거울 나라의 앨리스》에서 분명한 거울은 단 한번 아주 간단하게 모험의 시작 부분에서 표면적으로 보이지만, 거울이라는 생각이 이 꿈을 지배한다. 이야기 진행은 실제 체스 판의 일직선과 칸, 체스 말의 예상할 수 있는 직선적인 움직임과 앞으로 나아가면서 다섯 칸을 넘어 여왕이 되는 하나의 작은 말의 움직임에 근거한다. 따라서《거울 나라의 앨리스》의 여주인공은 여왕이 되기 위하여 능동적, 논리적, 자발적이며 신속하게 앞으로 나아간다. 거울과 체스 게임 규칙이 지배하는 거울 나라의 체스 판에서 앨리스는 가장 강력하고 자유롭고 오만한 말인 여왕의 자유와 힘을 가지게 된다.

앨리스가 여왕이 되는 것은 뒤늦게 등장하는 하얀 기사와의 이별을 의미한다. 꿈의 세계에서 앨리스가 여왕이 되려고 열심히 달려갈 때 그녀를 만들어낸 희미하게 변장한 창조자 캐럴, 즉 하얀 기사는 앨리스를 잃게 되는데 이 때문에 작품 전체에서 그의 한숨 소리가 들려온다. 액자로 사용된 서시에서 캐럴은 자신의 슬픈 마음을 보여준다.

> 문밖에는 서리와 거센 눈보라,
> 광기 어린 폭풍이 변덕스레 몰아치지만,
> 집 안은 벽난로의 불빛이 붉게 빛나는
> 아이들의 즐거운 피난처.
> 마법의 단어들이 너를 사로잡으면
> 너는 맹렬한 바람 소리도 듣지 못하고.
> 행복했던 여름날들은 지나고
> 그 여름의 찬란한 아름다움도 사라져
> 한숨의 그림자가
> 이야기 사이를 채울지라도,
> 그 고통의 숨결이
> 우리 이야기의 기쁨을 해치지 못하리. (6쪽)

《거울 나라의 앨리스》의 액자인 서시와 마지막 시는 앨리스를 떠나보내야 하는 캐럴의 한숨 소리를 들려준다. 앨리스의 모험을 처음에 즉흥적으로 들려주었던 '행복한 여름날들'은 지나갔고 이 시는 《거울 나라의 앨리스》의 겨울 이미지와 조화를 이루어 노년을 상징한다. 또한 작품의 곳곳에서 애처로운 노인의 한숨이 새어나온다.

《거울 나라의 앨리스》는 한겨울의 집 안에서 시작되며, 앨리스는 거울을 통하여 거울 속으로 이동한다. 앨리스는 거울 나라에서 여왕이 되기 위하여 앞으로 나아가는 동안에 여러 등장인물들을 만난다. 그녀는 꽃들을 만난 후에 '꽃들도 분명 재미있었지만, 진짜 여왕과 이야기를 나누는 일이 훨씬 더 굉장할 것 같이 느껴졌으니까'(38쪽)라고 한 후 붉은 여왕에게 간다. 앨리스는 거울 뒤의 체스 판에서 그 세계의 게임의 본질을 이해한 직후에 붉은 여왕에게 다음과 같이 말한다.

> "나라가 통째로… 지금 두고 있는 거대한 체스 판인 거네요… 여기가 진짜 나라라면 말이죠. 아, 정말 재미있어! 저도 저 말들 중 하나였으면 얼마나 좋을까요! 참여할 수만 있다면 병사라도 상관없는데… 물론 여왕이라면 제일 좋겠지만요"(중략) "쉽게 해결해줄 수 있지. (중략) 두 번째 칸에서 시작하는 거야. 여덟 번째 칸까지 가면 네가 여왕이 되는 거다…."
> 그 순간, 어떻게 된 일인지, 두 사람이 갑자기 달리기 시작했다. (42~43쪽)

앨리스의 성장
삶 자체를 거대한 체스 게임에 비유하는 예들은 두꺼운 명시선집이 될 정도로 많다. 여기서 앨리스도 삶을 그렇게 이해하고 있고, 실제로 체스 판 위에서 쉽게 할 수 있다. 앨리스는 일곱 살 반으로 체스와 같은 성인의 게임을 할 수 있을 만큼 성장했다. 또한 앨리스는 개인적인 목표를 달성할 만큼 단호하지만 훨씬 조심스럽게 행동한다. 앨리스가 새로이 갖게 된 성인의 자세는 자제력과 힘을 가지도록 하기 때문이다.

앨리스는 거울 나라에서 처음부터 힘을 가진 사람이다. 그녀는 이상한 나라에서 받았던 신체의 위협을 받지 않으며 몸의 크기도 바뀌지 않는다. 이상한 나라에서 앨리스의 몸의 크기의 변화는 거울 나라에서 장소의 변화로 대치되는데, 이것은 체스 판 위에서 말들의 움직임으로 나타난다. 거울 나라에서도 등장인물들이 앨리스를 화나게 하거나 성가시게 하지만 그녀는 침착하고 조심스럽게 행동하면서 감정을 드러내는 것을 자제한다.

벽난로 선반을 넘어서 거울을 통하여 들어간 세계에서 앨리스가 처음으로 만나는 등장인물들은 재투성이가 된 세 쌍의 체스 말들이다. 그들은 붉은 왕과 붉은 여왕, 하얀 왕과 하얀 여왕, 팔짱을 끼고 걷고 있는 성 두 채이다. 이 장면을 그린 테니얼의 삽화는 모든 체스 말들을 쌍쌍으로 그리고 있어서 거울에 반영된 형상을 암시한다. 성장하여 침착해진 앨리스의 행동은 체스의 무능한 등장인물들로 인하여 돋보인다. 앨리스는 체스 말들을 '아주 조심스럽게' 집어 들어서 적당한 장소에 놓아주어 어수선한 장면을 정리한다. 앨리스의 힘은 그녀가 체스 판 위에서 처음으로 움직일 때 간접적으로 드러난다. 앨리스의 커다랗고 힘이 센 손안에 있는 놀란 하얀 왕을 그린 테니얼의 그림처럼 '그가 상대하기엔 앨리스의 힘이 너무 셌다'(26쪽).

제2장에서 앨리스는 소리 지르는 데이지에게 '입 다물지 않으면 너희들을 뽑아버릴 거야!'(36쪽)라고 하자 그들은 즉시 잠잠해졌다. 이러한 사건들은 앨리스가 이미 힘을 가지고 있어서 결국은 여왕이 될 수 있음을 예상하게 한다.

각 장의 이야기들은 앨리스가 여덟 번째 칸으로 가는 단계를 보여준다. 앨리스는 여왕이 되어 승리하려는 분명한 목표를 가지고 여행한다. 예를 들어, 제3장에서 앨리스의 정체성을 위협하는 '모두들 이름이 없다는 곳'에서조차 그녀는 앞으로 나아갈 결심을 한다. 앨리스는 어두운 숲 속으로 들어가기에 겁이 나지만 들어갈 결심을 한다. 왜냐하면 '이것이 여덟 번째 칸으로 가는 유일한 길이기 때문이다'(62~63쪽). 숲을 통과하는 앨리스의 짧은 여행은 순수에서 경험으로의 통과의례를 보여준다.♦ 이 장면에서 앨리스의 자의식은 극적으로 커진다. 자신의 이름을 생각해내고 '앨리스… 다시는 잊지 않을 거야'(66쪽)라고 단호히 말한다. 숲을 통과한 앨리스는 성장하였고, 성장을 향하여 나아가고 있다.

이야기가 진행됨에 따라 앨리스는 트위들덤과 트위들디,

♦ 인용 문헌: Otten, Terry. 《After Innocence: Alice in the Garden.》 1982. Lewis Carroll: A Celebration. Ed. Edward Guiliano. New York: Clarkson N. Potter, 1982. 57쪽.

험프티 덤프티, 사자와 유니콘, 하얀 기사와 붉은 기사 등 등 장인물들을 만난다. 이러한 등장인물의 이야기들은 영국의 동요에 나오는 친숙한 이야기들을 다듬은 것이다. 《이상한 나라의 앨리스》와 《거울 나라의 앨리스》에서 동요를 다루는 것은 상당히 대조적이다. 앨리스는 《이상한 나라의 앨리스》 에서 동요의 가사를 올바르게 외우지 못하지만, 《거울 나라의 앨리스》에서 원작과 일치하게 외운다. 이것은 앨리스의 유아적 모험의 무질서와 거울 나라 모험의 규칙성과 질서를 대조시킨다.

제6장에 나오는 험프티 덤프티는 거울 나라의 등장인물들 가운데 가장 오만하고 나르시시즘 적이며 둥그렇게 생긴 커 다란 아이로서 무질서한 등장인물들을 대표한다.[♦] 그는 어 린아이처럼 자신을 '주인'이라고 믿지만 담 위에서 비틀거 리다가 떨어져 죽는다. 둥그런 험프티 덤프티는 자신이 언 어를 지배하기 때문에 주인이라고 믿는다. 그러나 그는 거울 나라의 어리석은 다른 등장인물들처럼 텍스트의 언어와 그 들의 정체성을 의미하는 동요 리듬에 지배당하는 것을 모른 다. 더욱이 험프티 덤프티의 유치한 허세 뒤에 숨어 있는 것 은 그가 떨어져서 죽는 것이 불가피하다는 것과 그의 자아 는 재구성되거나 발전할 수 없다는 것이며, 앨리스는 이것을

♦ 인용 문헌: Rackin, Donald, ed. 《Alice's Adventures in Wonderland and Through the Looking-Glass: Nonsense, Sense, and Meaning》. New York: Twayne Publishers, 1991. 83쪽.

성숙하게 인식하고 있다. 그의 존재는 언어 텍스트의 예정되고 변하지 않는 거울 이미지일 뿐이다. 앨리스는 그 자리에서 다음과 같이 노래한다.

> 험프티 덤프티가 담장 위에 앉았네.
> 험프티 덤프티 크게 떨어졌네.
> 왕의 모든 말들과 신하들도
> 험프티 덤프티를 원래대로 되돌리지 못했네.
> (111~112쪽)

'어쩜 저렇게 달걀처럼 생겼을까!'(111쪽)라고 앨리스가 무심코 말을 해서 대화를 시작할 때, 험프티 덤프티는 그녀에게 '갓난아기만도 못한 생각을 가질 이들도 있어'(111쪽)라고 말한다. 물론 험프티 덤프티의 무례한 이 말은 풍자적인 거울 전도를 보여준다. 그것은 아이만큼의 지각도 없는 험프티 덤프티 자신을 의미한다. 험프티 덤프티는 담 위에 불안하게 앉아 있지만 무서운 결과를 모르는 아이처럼 거의 지각이 없다. 그가 담 위에서 떨어지는 것이 임박했다는 것은 그의 정체성을 영원히 파괴하는 것이다. 그가 자신의 불안한 상태와 불가피하게 다가오는 죽음을 모른 채 '오만'이라는 단어를 자주 사용하는 데서 볼 수 있듯이 그는 자존심을 과장하다가 치명적으로 떨어져 죽는다.

사랑의 선물

앨리스는 독립적인 여왕이 되어 깨어나기 전, 제8장에서 하얀 기사를 만난다. 캐럴은 이 장에서 아주 늙고 무력한 하얀 기사와 독립한 삶을 원하는 어린 소녀 앨리스를 등장시킨다. 그리고 하얀 기사의 앨리스에 대한 사랑을 주된 흐름으로 하여 이야기에서 들려오는 슬픈 가락을 생생하게 들려준다. 하얀 기사는 캐럴의 자화상으로 앨리스를 만들어낸 창조자이다. 그는 험프티 덤프티의 무례한 오만함과 대조된다. 그는 앨리스가 아이로 남아 있기를 간절히 바라지만 '전 어느 누구의 포로도 되고 싶지 않아요. 전 여왕이 되고 싶거든요'(153쪽)라고 하는 앨리스가 성장하는 데 능동적으로 도움을 준다.

앨리스는 체스 판에서 여덟 번째 칸으로 나아가서 여왕이 될 것이며, 중년의 캐럴도 물론 그것을 잘 알고 있었다.

하얀 기사도 시간에 저항하는 것이 무익하다는 것을 안다. 그는 자신의 바람에도 불구하고 앨리스가 여왕이 될 것임을 알고 있다. 하얀 기사는 앨리스가 붉은 기사의 포로가 되지 않도록 그녀를 구해주고 숲의 끝까지 안전하게 데려다준다. 더욱이 그는 앨리스에게 이별의 선물로 노래를 불러주고 싶어 한다. 그가 부르는 노래, 〈연로한, 연로한 자〉의 표면 아래에서 조용히 고동치는 슬프고 낙담한 사랑을 성인 독자들뿐만 아니라 앨리스도 들을 수 있다. 《거울 나라의 앨리스》 전체에 퍼져 있는 우울한 톤과 겨울의 정서는 떠나는 아이에게 사랑의 선물을 노래하는 노인의 모습에서 극에 달한다.

하얀 기사가 앨리스에게 들려주는 이 노래는 마지막 작별인사이자 사랑의 선물이다. 그가 부르는 노래는 '나 그대에게 모두 말하리'로 시작되지만 그가 느끼는 모든 것을 말할 수는 없다. 앨리스도 인간의 삶에 대한 익살스러운 언어와 음악이 들려주는 이 슬픈 사랑 노래를 완전히 이해할 수는 없다. '앨리스가 자리에서 일어서서 아주 집중해서 들었지만, 눈물이 고이지는 않았다.'(166쪽). 기사는 노래가 끝나자 말머리를 돌리면서 다음과 같이 말한다.

> "언덕을 내려가서 작은 개울을 건너면, 넌 여왕이 되는 거야.… 그런데 말이야, 그전에 여기서 내가 가는 걸 봐주겠니?" 그가 가리키는 방향을 간절하게 바라보던 앨리스에게 기사가 말했다. "한참 걸리지는 않을 거야. 기다렸다가 내가 저 길모퉁이를 돌 때 내게 손수건을 흔들어줄래? 그러면 힘이 날 것 같아서 말이야."(중략) 그렇게 두 사람이 악수를 나눈 다음, 기사가 서서히 숲속으로 멀어져갔다. (중략) 기사는 네다섯번쯤 떨어지고 나서야 길모퉁이에 다다랐고, 앨리스는 그를 향해 손수건을 흔들며 시야에서 사라질 때까지 기다려주었다. (171~172쪽)

마틴 가드너는 이 장면을 영문학에서 가장 슬픈 장면 가운데 하나라고 한다.♦ 사랑하는 앨리스와 영원히 함께 하고 싶어 하는 캐럴의 시도는 '여름이 다 가도록 꿈을 꾸는 것'(210쪽)으로 슬프게 끝난다.

하얀 기사가 사라지자 앨리스는 여왕이 되기 위한 생각으로 가득해서 즉시 뛰어간다. "이제 마지막 개울만 건너면, 여왕이 되는 거야! 진짜 너무 멋지다!"(172쪽). 시내를 뛰어넘자 앨리스의 머리에는 묵직한 황금빛 왕관이 얹혀 있다. 한편 내레이터는 여왕이 된 앨리스가 가장 잘 기억하는 것은 하얀 기사라고 하여 상실을 완화하려고 한다.

새로운 세계로

하얀 기사와 앨리스는 빅토리아 시대 중상류층의 가치를 공유하는 두 세대이다. 거울 나라의 하얀 기사가 구세계를 대표하는 것처럼 이상한 나라의 도도새 또한 그렇다. 도도새는 캐럴의 《이상한 나라의 앨리스》에 살아 있지만, 인도양의 모리셔스 섬에 살고 있다가 17세기 후반 유럽의 상업적인 이해관계에서 빚어진 환경 변화에 적응하지 못해서 멸종되었다. 그러나 하얀 기사, 도도새와 달리 앨리스는 자신이 속한 계급의 오래된 규칙과 관례가 위태로운 것을 알지 못한 채, 여왕이 되고 싶어서 조용한 구세계를 떠나 새로운 세계의

♦ 인용 문헌: Gardner, Martin, ed. 《The Annotated Alice》. Lewis Carroll. New York: Bramhall House, 1960.

무질서 속으로 달려가고 있다.

　앨리스는 결국 여덟 번째 칸에 도달한다. 그녀는 마지막으로 풍자적인 시험을 치른 후에 성인의 힘을 가진 여왕이 되어 의지를 행사할 수 있게 된다. 앨리스는 성인 여왕으로서 거울 나라라는 광기의 세계에서 관례적인 위엄과 힘을 갖는다. 그러나 모든 것이 엉망이 되는 마지막 만찬 장면에서 여왕이 된 앨리스는 이 끔찍한 혼란을 해결하기보다는 "더 이상은 못 참아!"(198쪽)라고 소리 지를 뿐이다. 그녀는 그들의 광기를 인정하고 성인 여왕이기를 거부하는 것이다. 사실상 앨리스가 논리적으로 전진하였고 의도하던 결과에 이르렀지만 승리하는 것으로 묘사되지는 않는다. 거울 나라의 이 부분은 이상한 나라에서처럼 진보적인 발전을 아주 잔인하게 비웃고 있으며, 앨리스가 추구하던 여왕에 대한 기대와 가치는 희화화된다.

　모든 것이 끔찍한 혼란이 될 때 앨리스는 혼란에 가담하여 해결하려고 하기보다는 단지 이것을 거부하면서 참을 수 없다고 외칠 뿐이다. 그녀는 식탁보를 잡아당겨 꿈꾸기를 멈추고 빅토리아 시대의 현실세계로 돌아온다. 거울 나라 역시 이상한 나라를 상징하는 타락한 정원처럼 앨리스가 떠나온 빅토리아 세계의 문화를 보여주는 것이고, '무질서' 속에서 '교양'이 아무런 가치가 없어진 것처럼 인간의 문화적·도덕적·사회적 관례가 허약해진 문명의 정점에서 온전한 선택은 없는 것이다.

마지막으로《거울 나라의 앨리스》에 대하여 '누가 앨리스의 꿈을 꾸었는가?' 하는 극단적으로 단순화시킨 의문이 남는다. 앨리스는 고양이에게 말한다. '꿈을 꾼 사람이 누구였을지 생각해보자'(208쪽). 캐럴은 제8장에서 이 질문에 대하여 다소 흥미로운 대답을 보여준다. 꿈꾸는 자가 되는 것은 꿈속의 인물들을 지배해야 하며 앨리스는 이 장에서 그녀를 만든 사람인 하얀 기사, 즉 캐럴을 만난다. 거울 나라의 이야기는 앨리스의 꿈이라기보다 캐럴의 꿈이다. 단지 내레이터와 그의 애정이 담긴 목소리가 리얼리티와 허구, 앨리스의 모험과 그것을 들려주는 간에 경계를 넘나드는 것처럼 들려서, 누구의 꿈인지 구분하기 어렵게 할 뿐이다.

　　《이상한 나라의 앨리스》와《거울 나라의 앨리스》는 모두 꿈 이야기이고, 캐럴은《거울 나라의 앨리스》의 마지막 시에서 이 문제를 다시 제기한다.

　　　이상한 나라에 누워
　　　날이 저물도록 꿈을 꾸고
　　　여름이 다 가도록 꿈을 꾸면서.
　　　흐르는 물결 따라 흘러가고…
　　　황금빛 햇살 아래 서성대는…
　　　인생, 한낱 꿈이 아니면 무엇이리? (211쪽)

이 시는 삼행시 형식으로 되어 있으며 각행의 첫 글자를 모아 합치면 앨리스 플레장스 리델(Alice Pleasance Liddell)이 된다. 이 시에서 캐럴은 세 명의 리델 자매에게 앨리스의 모험 이야기를 처음으로 들려주었던 뱃놀이를 회상하고 있다. 이 시는 또한 《거울 나라의 앨리스》의 서시를 관통하는 겨울 이미지를 보여준다. 사랑하는 앨리스와 영원히 함께하고 싶은 캐럴의 불운한 시도는 여름이 지나도록 꿈꾸는 것이며 덧없는 젊음을 영원히 정지시키려는 것이다.

《거울 나라의 앨리스》에서 앨리스는 깨어 있는 현실세계로 돌아옴으로써 하얀 기사의 보살핌을 떠난다. 그러나 하얀 기사처럼 캐럴은 꿈의 세계에 남는 것을 선택할 것이다. 마지막 시는 그 자신이 완벽한 시간에 머무를 것을 제안한다. 하얀 기사가 채 사라지기도 전에 눈물도 글썽이지 않고 언덕을 내려가 마지막 시내를 뛰어넘어 성인 여왕이 되려는 앨리스를 기억하면서 그는 노래한다.

아직도 그녀는 내게 머물러, 유령과도 같이,

하늘 아래 움직이는 앨리스는

깨어 있는 눈에는 절대 볼 수가 없어.(210쪽)

위대한 작가들에게 문학은 곧 삶이었듯이 캐럴에게도 꿈을 꿀 수 있는 문학은 삶이었다. 엄격한 관례를 따르며 살아야 했던 옥스퍼드 대학의 수학교수, 캐럴에게 어린 소녀를 사랑하는 것은 꿈이 아니었을까? 캐럴은 꿈꿀 수 있는 문학을 통해 앨리스에 대한 그의 사랑을 여왕이 되려는 앨리스와 그녀를 사랑하는 늙고 늙은 노인, 하얀 기사의 슬픈 사랑으로 극화시켰다. 이를 통해 그는 사랑과 삶의 덧없음과 소중함뿐만 아니라 변화하는 시대에 문화적·도덕적인 상실에 대한 고통스런 인식을 보여주었다.

루이스 캐럴 글

영국의 동화 작가, 본명은 찰스 루트위지 도지슨(Charles Lutwidge Dodgson, 1832~1898년). 옥스퍼드 대학의 수학 교수로 재직했으며 사진에도 관심이 많았다. 《이상한 나라의 앨리스》, 《거울 나라의 앨리스》 속 주인공은 옥스퍼드의 크라이스트 처치 대학 학장의 딸인 '앨리스 리델' 에게서 영감을 받아 탄생했다. 〈앨리스〉 시리즈는 상상력이 풍부한 스토리텔링으로 당대의 언어와 문화를 풍자하여, 이후 수많은 해석과 각색을 통해 다양한 작품에 영향을 끼친 고전이다.

존 테니얼 그림

영국의 삽화가(John Tenniel, 1820~1914년). 19세기 중반부터 약 50년간 풍자 만화 잡지 〈펀치〉에서 만화가로 활동했으며, 《이상한 나라의 앨리스》, 《거울나라 앨리스》의 삽화가로 유명하다. 앨리스 시리즈의 환상의 세계를 실감 나게 재현했다는 평과 함께 아동문학에서 가장 뛰어난 삽화가라는 명성을 얻었다.

성세희 옮김

성균관대학교 아동학과를 졸업 후 성균관대학교 번역테솔대학원을 졸업하였다. 현재 번역에 이전시 엔터스코리아에서 아동서 및 자녀교육서 전문 번역가로 활동하고 있다.

양윤정 해설

〈루이스 캐럴의 '앨리스' 연구-문학동화의 특성을 중심으로〉라는 논문으로 숙명여자대학교에 서 영문학 박사 학위를 받았다. 현재 건국대학교 글로컬캠퍼스 교수로 재직 중이다.

거울 나라의 앨리스 초판본 리커버 고급 벨벳 양장본

1판 1쇄 펴냄 2020년 11월 25일

지은이 루이스 캐럴
그린이 존 테니얼
옮긴이 성세희
해설 양윤정
펴낸이 하진석
펴낸곳 코너스톤
주소 서울시 마포구 독막로3길 51
전화 02-518-3919
ISBN 979-11-90669-19-1 03840

• 이 책 내용의 전부나 일부를 이용하려면 반드시 저작권자와 코너스톤의 서면 동의를 받아야 합니다.
• 책값은 뒤표지에 있습니다.
• 잘못된 책은 구입하신 곳에서 바꾸어 드립니다.